Johanna Huda
Im Wind verspielt

„Frauen brauchen eigenes Geld,
flache Schuhe,
Kinderkrippen
und mehr Liebe, als ein einziger Mann bieten kann.“

Benoîte Groult

Johanna Huda

Im Wind verspielt

Capitaine Leroux' zweiter Fall

Ein Krimi aus dem Languedoc

Bibliografische Information der Deutschen Nationalbibliothek
Die Deutsche Nationalbibliothek verzeichnet diese
Publikation in der Deutschen Nationalbibliografie.
Detaillierte bibliografische Daten sind im Internet
über http://dnb.ddb.de abrufbar.

© 2017 Oldib Verlag
Waldeck 14, 45133 Essen
www.oldib-verlag.de, info@oldib-verlag.de
Foto Umschlag: Jochen Leuschner / www.leuschner.photos
Herstellung: BoD, Norderstedt

ISBN 978-3-939556-57-2

*Sämtliche Personen in dem Roman sind frei erfunden; Ähnlichkei-
ten mit lebenden Personen sind rein zufällig.*

Sonntag, Anfang April, spätabends

„Bitte!?“, ungläubig starrte sie ihn an. Für den Bruchteil einer Sekunde verlor sie ihre gewohnte Contenance. Als er wortlos die Waffe auf sie richtete, lachte sie hysterisch, sie konnte gar nicht anders. „Das glaube ich jetzt nicht!“, zischte sie verächtlich und wandte sich zum Gehen. Der ohrenbetäubende Knall explodierte in ihrem Kopf. „Das soll mein Leben gewesen sein?“ war das Letzte, was sie dachte.

Montag

1

Joseph Leroux war nach dem letzten erfolgreich aufgeklärten Mordfall – trotz eines kleinen Patzers – zum Capitaine befördert worden. Richtig gefeiert hatten sie das eigentlich noch nicht. Vor einigen Wochen war Antoinette, Josephs Mutter, nach langer Krankheit von ihnen gegangen. Besonders Hélène fühlte sich neben ihrer Trauer auch erleichtert. Die Pflege von Antoinette war in erster Linie ihr zugefallen. Morgendliches Waschen, Füttern und Betten beziehen vor Schulbeginn, am Nachmittag neben der normalen Unterrichtsvorbereitung und -nachbereitung ein Stündchen am Bett von Antoinette sitzen und plaudern, nicht wissend, ob Antoinette etwas davon mitbekam, nachts lauschen, ob Antoinette wieder schrie, weil sie von Alpträumen geplagt wurde; erst ein paar Tage später, nachdem Antoinette eines Morgens friedlich, still und bewegungslos in ihrem Bett gelegen hatte, spürte Hélène, wie eine Last von ihr abfiel.

Heute wollten sie in dem neuen Einrichtungszentrum in Montpellier schauen, ob sie passende Möbel oder einen hübschen Teppich für den frei gewordenen Raum finden würden.

Ein weiterer Grund für den Großeinkauf war Hélènes neu erwachte Katzenliebe. Bei einer Wohltätigkeitsveranstaltung im Tierheim von St. Jean de Védas hatten sie ihre neue Mitbewohnerin entdeckt. Sie stand wegen ihres Alters auf der schwarzen Liste. Hélène hatte sich sofort in die gestromerte, eigenwillige Kratzbürste verliebt. Sie hatte Joseph so lange bezirzt, bis er schließlich einwilligte, die Katze vor dem baldigen Ableben zu retten. Aber ihre gute Tat hatte unangenehme Folgen. Minouche, die grau Getigerte, war sterilisiert. Trotzdem fanden sich allabendlich mindestens ein, wenn nicht mehrere Kater aus der Umgebung ein und stellten ihr nach. „Wenn ich mal über siebzig bin und wilde Jünglinge streichen ums Haus...“, hatte Hélène gescherzt. Aber dann fand sie es doch recht widerlich, dass der liebeswillige Übeltäter überall seine Duftmarken verteilte. War es der dunkelgrau gestreifte oder der pechschwarze Verehrer – sie wussten es nicht genau. Ihre Toleranz neigte sich gegen Null, als ihr eines Morgens in der Diele ein penetranter Uringestank in die Nase stieg. „Wie zum Teufel ist dieser Mistkerl hier hereingekommen?“, rätselte sie. „Ob er auch ein Magnetband für die Katzenklappe um den Hals trägt?“ Sie riss die Haustür auf und ließ kalte Frühlingsluft hinein. Nach einer halben Stunde stank es genauso wie vorher. Hélène legte sich flach auf den Boden, um den Geruch zu orten, sie schnüffelte am Schuhschrank, robbte über den Teppich und roch an der Haustür in Höhe der Katzenklappe. „Versuchst du dich jetzt als Spürhund“, unkte Joseph. „Nein! Ich suche Trüffel!“, gab Hélène erbost zurück. Verzweifelt versprühte sie einen Raumduft. Es half nichts, der Gestank hielt sich tapfer. „Es riecht im Flur, als habe ein Kater einen Rosenbusch markiert", zog Joseph sie auf. Nach einer Woche hatten sie den Kaffee auf und entsorgten sowohl den Teppich als auch die Textilbox mit den Winterschals; seitdem hielt sich der üble Geruch in Grenzen.

Jetzt lag in ihrem Einkaufswagen ein Kelim in warmen orange und rot gehaltenen Tönen für den Flur. Ein bunter Läufer sowie ein Buchenholzregal für das kleine Zimmer; mehrere dicke Kerzen, Energiesparlampen, Servietten, Bettbezüge von den Wühltischen und zwei Fleecedecken in Terracotta und Weiß hatten sich wie von Zauberhand dazu gesellt. Als Joseph die Rechnung per Kreditkarte beglich, sagte er laut: „Für den gleichen Preis hätten wir auch einen Original Gabeh-Teppich bekommen." „Hätten!" – Mehr sagte Hélène nicht und gab Joseph einen Schmatz auf die Wange.

Auf dem Weg von Montpellier nach Mèze streifte die sanfte, noch frische Frühlingsluft durch das geöffnete Autofenster über ihre Haut. Hélène liebte das junge Grün der ersten Blätter an Bäumen und Sträuchern. Prachtvoll entwickelte Magnolienbäume strahlten mit dem blauen Himmel um die Wette.

„Bitte, halte kurz bei der Jardinerie[1]. Ich würde gerne einen Sack Blumenerde für den Oleander kaufen", sagte Hélène. Joseph tat, wie ihm befohlen. Als sie die Jardinerie wieder verließen, dufteten im Kofferraum des Peugeot eine Palette Petunien, ein großer Topf Lavendel sowie Heliotrop mit Vanillearoma neben der Blumenerde. „Ich glaube, wenn wir in der Lotterie gewinnen würden, hätten wir einen Dschungel auf unserer Terrasse", scherzte Joseph. „Ja,

---

[1] Gartencenter.

Schatz, wenn du in der Lotterie gewinnst, könnten wir uns auch eine neue Hollywood-Schaukel und eine Hängematte und ein gläsernes Treibhaus und…" – „Ist ja gut", unterbrach Joseph seine Frau. „Letzte Woche habe ich immerhin zwölf Euro gewonnen. Das ist doch ein vielversprechender Anfang. Außerdem, was würdest du mit einer Million anfangen? Dann hättest du gar keine Zeit mehr für deine Schüler und das würde dir auch nicht gefallen." Hélène zog eine Schnute.

„Sollen wir einen kleinen Kaffee im Tabou nehmen?", fragte er, bevor er in den zweiten Kreisverkehr von Mèze einbog. „Vielleicht treffen wir Marc dort. Ich habe ihn schon lange nicht mehr gesehen." Aber Hélène hatte andere Pläne. „Heute Abend kommt eine neue Folge von Inspector Barnaby. Die will ich unbedingt sehen." Das konnte Joseph nachvollziehen. Er fand den neuen Barnaby amüsant, die Stories waren etwas kurzweiliger als die des altbackenen Vorgängers. „Na gut. Du hast mich überzeugt."

Sie hatten die Teppiche und die nebenbei erworbenen Artikel kaum ins Haus getragen, als Josephs Blick auf den Anrufbeantworter fiel. Der schwarze Kasten blinkte. Die rote Drei verriet ihm, dass mehrere Menschen versucht hatten, ihn zu erreichen. Sein Mobiltelefon hing zum Aufladen an einer Steckdose. Auf dem Display entdeckte er drei Briefumschläge. „Oh, oh", murmelte er und hörte den Anrufbeantworter ab. Gerade schleppte Hélène die Blumen und die Erde auf die Terrasse, da rief Joseph laut: „Liebling! Die Arbeit ruft nach mir. Der Untersuchungsrichter war persönlich am Apparat. Sie haben drüben in Marseillan eine tote Frau gefunden. Dinnercanceling!" „Wir wollten uns ohnehin in nächster Zeit beim Essen zurückhalten", erwiderte Hélène trocken.

2

Diesmal musste Capitaine Leroux nicht sehr weit fahren. „Kommen Sie nach Marseillan, Direction Noilly Prat. Biegen Sie in die Rue de Canal ab und bleiben Sie auf der Promenade de la Belle Scribote. An der Gabelung halten Sie sich links. Sie gelangen automatisch auf den Chemin du Canal du Midi. Kurz hinter dem Weingut Bardy Marie biegen Sie links auf den Chemin du Boudas. Ein paar Meter weiter halten Sie sich links, dort finden Sie einen Schotterweg, holpern ungefähr fünfzig Meter weiter und fahren scharf rechts. Aber Vorsicht, fallen Sie mir nicht in den Canal du Midi." Leroux registrierte das unterdrückte Glucksen seiner neuen Assistentin. „Dort finden Sie eine verkommene Lagerhalle, Sie können es gar nicht verfehlen. Und seien Sie vorsichtig bei den Schlaglöchern." Lieutenant Catherine Rozier, seine neue Kollegin, hatte vor gut zwei Monaten frischen Wind in die Gendarmerie gebracht. Sie war auf eigenen Wunsch von Villedieu-les-Poêles in der Normandie hierher versetzt worden. „Aus privaten Gründen", hatte sie knapp auf seine Frage nach dem Warum geantwortet. ‚Liebeskummer‘, Joseph Leroux war sich sicher.

Als er das Verkehrsschild „Jeu de Boules interdit" passierte, bog er links in einen Schotterweg ein. Welcher Idiot war für diesen Streich verantwortlich? In Frankreich das Boulespielen zu verbieten! Unverständlich! Behördenwillkür? Er bretterte trotz der holperigen Straße weiter, bog rechts ab und landete neben einem baufälligen, zum Teil von Efeu überwucherten Schuppen. „Bonsoir Chef", begrüßte ihn Lieutenant Rozier. „Ebenfalls einen schönen Abend. Sie sehen blass aus!", sagte Joseph grinsend. Als die Kollegin nicht auf seine Anspielung reagierte, fragte er: „Wo ist sie?" Er zog seine Uniformjacke glatt. „Dort drüben." Catherine

Rozier straffte ihre Schultern und wies mit ihrer rechten Hand auf eine halb geöffnete Holztür.

Dahinter bot sich ein chaotisches Bild. Wild durcheinander gewürfelte Autoreifen, kaputte Holzkartons, verrostete Fahrräder, teils nur mit einem Vorder- oder Hinterreifen, zerfetzte Fischernetze, Taue und verbogene Eisenrohre; mittendrin das abgewinkelte Bein einer Frau. Am Fuß steckte ein eleganter Turnschuh in Jeansoptik mit Strassbesatz an der Seite. Das gebräunte Bein ließ auf eine sportliche Figur schließen. „Sie haben die Spurensicherung verständigt?" Lieutenant Rozier nickte. „Sie müssten gleich hier sein." Vorsichtig stiegen sie über das Bein und suchten ein freies Plätzchen, auf dem sie stehen konnten, ohne Spuren zu zerstören. In all dem Gerümpel standen sie eng beieinander, es ließ sich kaum vermeiden. Joseph Leroux nahm den zarten Blumenduft ihres Parfüms wahr. Er war froh, dass Rozier keines dieser billigen Modedüftchen benutzte, denen Pop-Ikonen ihren Namen verliehen hatten. Joseph bekam Herzrasen, Kopfschmerzen oder Atemnot, wenn jemand in seiner Nähe sich mit solch einem Duft eingenebelt hatte.

Catherine Roziers angenehme, ruhige Ausstrahlung gefiel Joseph Leroux. Sie machte einen ernsthaften Eindruck und schien den Dingen gerne auf den Grund zu gehen. Einen Sinn für Humor hatte sie auch noch. Sie war im Juli 1982 in Rennes geboren, hatte einige Zeit in Villedieu-les-Poêlles gelebt und bereits 2002 ihre Laufbahn im gehobenen Dienst angetreten. Seit Anfang des Jahres gehörte sie zu seinem Team. „Ich glaube, die Arbeit mit ihr wird sehr fruchtbar und effizient werden", hatte er nach nur vierzehn Tagen zu Hélène gesagt. „Und? Wie alt? Zwanzig Jahre jünger als du?" Amüsiert hatte ihn Hélène angeschaut. Josephs Antwort darauf bestand in einem tiefen Blick in ihre braunen Augen. „Du weißt genau, dass ich zwischen Dienst und Privatleben unterscheiden kann. Und außerdem, was soll ich mit einem jungen Hüpfer? Mir beweisen, dass ich es noch kann?" „So alt bist du nun auch wieder nicht", hatte Hélène ihm hinterher gerufen.

Jetzt betrachtete er still die tote Frau, achtlos von einem anderen Menschen auf den Schrotthaufen geworfen. Das kornblumenblaue Leinenkleid war hochgerutscht, so dass ein winziges Stück ihres schwarzen, spitzenbesetzten Slips zu sehen war. An ihrem linken Handgelenk deutete ein hellerer Hautstreifen an, dass sich dort normalerweise eine Uhr oder ein Armreif befunden hatte. Ringe konnten sie nicht entdecken. „Was glauben Sie, wie alt ist die Frau?", durchbrach der Capitaine die Stille. „War", korrigierte Lieutenant Rozier. „Ich kann schlecht schätzen, aber ich tippe auf ungefähr 45 bis 50 Jahre." „Das glaube ich auch", pflichtete er seiner Kollegin bei. „Die Perlenohrringe hat man ihr gelassen", stellte Rozier fest. „Für eine Französin ist sie recht hochgewachsen", überlegte Leroux laut. „Schauen Sie sich die Schuhgröße an, auch die findet man in unseren Breitengraden weniger." Darüber, dass sie erschossen worden war, gab es keinen Zweifel. „Haben Sie die Schleifspuren bemerkt?", fragte Rozier ihren Chef. „Hier wurde sie wahrscheinlich nicht umgebracht!", bestätigte Leroux und atmete tief durch. „Wer hat sie gefunden, wissen wir das schon?" Der Capitaine schaute seine Kollegin fragend an. „Ja! Der Mann wohnt ein Haus weiter. Er ist gegen sechs noch einmal mit seinem Hund spazieren gegangen. Der hat sich wie toll gebärdet und den Mann zu dem Schuppen gezogen." „Ist er noch da?" „Er wollte heute Abend nicht mehr ausgehen. Wir könnten ihn gleich befragen." „Das machen wir."

Mit großen Schritten verließen Leroux und Rozier den Schauplatz. Draußen blieben beide eine Sekunde stehen. Sie nahmen eine Prise der sanft nach Fisch und Tang riechenden Luft des Canal du Midi auf, der hier den Étang du Thau[2] eintrat. Amüsiert blickten sie auf das vor ihnen vertäute Boot, auf dem Teile der gegenüber liegenden Müllhalde ein neues Zuhause gefunden hatten. „Ist das Kunst oder kann das weg?", fragte Leroux spaßeshalber. Neben einem ergrauten Eichenfass lagerte ein wurmstichiges Waschbrett, zerfledderte Rettungsringe erzählten von wilden Zeiten und dicke Taue hielten das Lenkrad eines verrosteten Fahrrades umschlungen. „Das sieht lustig aus", rief Catherine. „Glauben Sie, dass noch jemand mit dem Kahn zur See fährt?" Leroux nickte. „Ich glaube es schon. Sie hat erst kürzlich einen neuen Anstrich erhalten." „Sie?" „Es handelt sich um eine Ketsch. So nennt man ein Segelboot mit zwei Masten. Bei einer Ketsch gibt es einen vorderen Großmast und einen hinteren, kleinen Besanmast. Die Ketsch hat den Besanmast immer innerhalb der Wasserlinie." „Es gibt Unterschiede?", staunte Catherine. Als typisches Landei ging ihr jede Begeisterung für Boote aller Art ab. „Natürlich! Ein anderes zweimastiges Segelboot ist eine Yawl. Bei der ist der Besanmast kürzer und befindet sich außerhalb der Wasserlinie." „Wenn Sie das sagen."

Catherine Rozier blieb unbeeindruckt und machte einen Schritt in Richtung des dreistöckigen Hauses. Es stand am Ende des Schotterweges und sah unbewohnt aus. „Ist das von den Blattern befallen?", scherzte Leroux. Der verwitterte, ehemals gelbe Putz bröckelte an einigen Stellen bereits ab. Blendläden, die vor langer Zeit einmal weiß gewesen waren, versteckten die meisten Fenster, nur eines tanzte

---

[2] Eine ca. 18 km lange Lagune südwestlich der Stadt Séte.

aus der Reihe. Aus diesem drang ein schwacher, flackernder Lichtschein und verriet, dass dort jemand den Fernseher eingeschaltet hatte.

„Versuchen wir unser Glück." Leroux räusperte sich und drückte auf den einzigen, vergilbten Klingelknopf. Nichts tat sich. Sie drückten noch einmal, länger diesmal. Nach einer Weile wurde das obere Fenster geöffnet und eine schmuddelige Gardine beiseite geschoben. Ein Mann um die siebzig steckte seinen verstrubbelten Kopf heraus. „Wer stört?", wollte er wissen. „Die Gendarmerie. Wir haben ein paar Fragen wegen der toten Frau." „Ich komme herunter." Nach ein paar Minuten öffnete der Mann die Tür. Über einer stark gebogenen Nase ruhten zwei listige, hellwache Augen in tiefen Höhlen, umkränzt von einer ganzen Heerschar an Falten. Seine Stirn war nicht minder zerfurcht. Zwischen schmalen Lippen klemmte eine Papier Maïs. Er hatte einen verschlissenen Morgenmantel über seinen Pyjama gestreift. Neben ihm tauchte eine jener Promenadenmischungen auf, wie es sie zu dutzenden in fast jeder französischen Kleinstadt gibt, halb Pudel, halb Terrier. Die Farbe seines Fells bewegte sich zwischen schmutzig braun und hellbeige. Misstrauisch beäugte der Hund die Eindringlinge. „Capitaine Leroux, Gendarmerie Mèze. Meine Kollegin Rozier. Und Sie sind?" „Tut das etwas zur Sache?", knurrte der Mann. „Ich bitte Sie, natürlich. Sonst würden wir Sie nicht fragen. Also?" „Xavier Baron." „Sie haben die Tote erst um sechs Uhr abends entdeckt. Ist Ihnen vorher nichts aufgefallen?" „Nein! Ich war den ganzen Tag mit dem Boot unterwegs." „Und am Tag davor?" Der Alte schüttelte den Kopf. „Nicht, dass ich wüsste." „Ihren Hund hatten Sie immer dabei?" „Sicher. Die Prinzessin kommt immer mit." „Sie haben also nicht mitbekommen, wann die tote Frau hierher transportiert und abgelegt wurde?"

„Sagte ich doch schon. Noch was?" „Gehört Ihnen das Boot gegenüber?" „Die Rombiére?" Der Alte nickte. „Jawoll, das ist meine. Die tut's immer noch." „Das wäre es fürs Erste. Wie können wir Sie erreichen, falls wir noch Fragen haben?" „Meine Güte! Dann werde ich Ihnen auch nicht mehr sagen können als jetzt. Aber gut. 0467-475489." „Kein Mobiltelephon?", fragte Leroux. „Brauche ich nicht. Neumodischer Kram", murmelte der Alte und schlug ihnen die Tür vor der Nase zu.

„So wenig Respekt ist mir schon lange nicht mehr begegnet." Joseph Leroux schüttelte missbilligend den Kopf. „Und sein Boot eine ‚alte Schachtel' zu nennen, finde ich merkwürdig. Er scheint kein brauchbarer Zeuge zu sein." „Ich bin gespannt, ob die Tote ein Handy dabei hatte. Oder einen Ausweis."

Sie gingen zurück und begrüßten Eugène Fournier, den Chef der Spurensicherung. Sein Assistent Vincent Grenoilt krabbelte bereits in dem Schrotthaufen herum und suchte akribisch nach Spuren. Alle hatten sich vorschriftsmäßig mit Overall, Haar- und Mundschutz bekleidet, so dass keine wertvollen DNA-Spuren verloren gehen konnten. Neuerdings gehörten dazu sogar lange Handschuhe, über denen kurze getragen wurden. Sie wurden jedes Mal ersetzt, wenn sie sich mit neuen Spurenträgern befassten. Die DNA-Profile von Leroux und Rozier waren registriert, so dass ein späterer Profilabgleich keine Irritationen nach sich ziehen konnte.

Doktor Letailleur, der médecine légiste[3], ging bereits seiner Arbeit nach und untersuchte die Leiche. Er sah die beiden kommen und winkte nur kurz. Also kümmerten sie sich zunächst um den stets miesepetrigen Chef der Spurensicherung. „Bonsoir Monsieur Fournier. Haben wir Sie wieder

---

[3] Gerichtsmediziner.

von einer guten Partie Boule abgehalten?" „Zum Glück nicht", knurrte Fournier. „Aber mein Abendessen vertrocknet auf dem Teller." Missmutig zeigte er ihnen ein in Plastik verpacktes Mobiltelefon der jüngsten Generation, relativ groß und in pink metallic aufgemotzt. „Die Dame heißt Annegret Meyer-Chevallier und wohnt in Bochum, Allemagne. Eine carte d'indentité[4] hatte sie nicht dabei." „Woher wissen Sie dann, wie sie heißt und wo sie wohnt?", fragte Leroux. „Ist der erste Eintrag unter ihren Kontakten. Sie ist nicht hier gestorben, man hat sie hierher gebracht." „Das haben wir auch schon vermutet. Aber wie sind Sie darauf gekommen?", fragte Leroux. Er wusste, wie beleidigt Fournier reagieren konnte, wenn er nicht der erste war, der eine Spur entdeckte. „Schleifspuren, Sand in den Schuhen", dozierte Fournier. Leroux wandte sich wieder an den Gerichtsmediziner.

„Doktor Letailleur, können Sie schon sagen, wie lange sie tot ist?" „Sie kennen den üblichen Spruch: absolute Gewissheit habe ich erst, wenn sie auf meinem Tisch liegt. Ich denke aber, sie muss im Laufe des gestrigen Abends das Zeitliche gesegnet haben." „In den frühen Abendstunden?", hakte Leroux nach. „Gut möglich. Wahrscheinlich ist sie irgendwo am Strand umgebracht worden oder in der Nähe, oder sie hat unmittelbar davor einen Spaziergang am Meer gemacht. In den Schuhen befindet sich jedenfalls eine Menge Sand. Die Rußpartikelspuren deuten darauf hin, dass sie aus nächster Nähe erschossen worden ist." Leroux wandte sich wieder an Fournier. „Finden Sie heraus, von welchem Strandabschnitt der Sand stammen könnte?" „Mmmmh! Mmmmmh! Schwer zu sagen. Vielleicht mit etwas Glück!", brummte Fournier. „Sie tun Ihr Bestes, ich weiß", lobte Leroux den Ingenieur und wandte

---

[4] Personalausweis.

sich zum Gehen. „Kommen Sie, Lieutenant Rozier. Im Augenblick können wir hier nicht viel ausrichten. Morgen früh werden wir mit Schwung und Elan an die Arbeit gehen. Einen schönen Abend allerseits." Finster sah ihnen Fournier hinterher, Doktor Letailleur versprach, dem Capitaine sofort Bescheid zu geben, wenn er etwas herausgefunden hatte. „Ich denke, dass wir für verwertbare DNA-Spuren zwei bis drei Tage brauchen. Wie gesagt, wir gehen davon aus, dass die Tote hierher transportiert wurde. Mit Sicherheit finden wir auf den freiliegenden Körperstellen Zellmaterial oder Fasern des Täters, dann wissen wir mehr." „Und wenn wir es mit einem Wunder zu tun haben, ist das genetische Profil des Täters bereits in unserer DNA-Datenbank gespeichert", scherzte Leroux. „Da scheint aber jemand zu träumen", rief ihm Dr. Letailleur hinterher.

3

Als er endlich wieder sein Heim betreten konnte, war es bereits kurz nach 10 Uhr abends. Erwartungsvoll blickte Hélène ihn an. „War es schlimm?" „Eine tote Frau aus Deutschland. Erschossen. Morgen werden wir die Ermittlungen aufnehmen." „Der Alltag kehrt zurück", stöhnte Hélène. „Möchtest du ein Glas Rotwein? Ich habe einen passablen Öko-Wein gefunden." „Nicht zu sauer?", Joseph verzog das Gesicht. „Nein, überhaupt nicht. Koste einmal." Hélène gab ihm einen kleinen Ballon zum Probieren. „Okay, du darfst nachschenken." „Aber sicher, mein Gebieter", ulkte Hélène. Wenige Sekunden später gewannen ihre trübsinnigen Gedanken wieder Oberhand.

„Ach Joseph", seufzte sie. „Ich war heute Nachmittag um halb vier Uhr mit Jeanette zum Kaffee verabredet. Um drei sagte sie das Treffen ab. Ihrem auf Abwege geratenen Kerl ist plötzlich wieder eingefallen, dass er sich mit Jeanette treffen könnte. Und ich? Gestrichen, auf später vertröstet. Als wäre ich nur zweite Wahl!" Tränen der Wut schossen in ihre Augen. „Warum passiert mir das immer?", schimpfte sie. „Ach mein Schatz, nimm' es nicht persönlich. Außerdem, du hast ja mich!" Joseph duckte sich, weil er dem heranfliegenden Pantoffel ausweichen musste. „Du weißt ganz genau, dass ich dich nicht geheiratet hätte, wenn du ein Blödmann wärest." Hélène versuchte, wütend zu bleiben, aber insgeheim lächelte sie. Ihre eigene Schattengeschichte hatte sie fast vergessen.

Dienstag

1

Beatrice schlug die überdimensionale Wochenzeitung auf. Sie hatte bereits heute im Briefkasten gelegen, normalerweise kam sie frühestens mittwochs. Es konnte passieren, dass der Nachbar sie erst am Donnerstag zusammen mit einem Stapel anderer Sendungen brachte, dann hatte der Postbote wieder alles vertauscht. „Schau dir das an", rief sie ihrem Mann Bernard zu, der gerade vom Joggen zurückkam. Er hatte das weiße Handtuch um den Hals gelegt, was seine erste Frühjahresbräune unterstrich. „Moment! Gleich! Ich gehe mich geschwind duschen."
Stirnrunzelnd las Beatrice, dass vor zwei Jahren im Nahen Osten zwei Kinder, 12 und 13 Jahre alt, von der Polizei verhaftet und ein Jahr ins Gefängnis gesteckt worden waren, weil sie ein Wahlplakat mit ihrem Präsidenten abgerissen hatten. „Das ist ja unterirdisch", zeterte sie. „Was ist unterirdisch?" Bernard stand mit einem blütenweißen Badetuch um die Hüften geschlagen in der Tür. „Hast du noch mehr abgenommen?" Beatrice warf einen neidischen Blick auf ihren Mann, als er sich einen Apfel vom Obstteller griff und geräuschvoll hineinbiss. „Kann sein", erwiderte Bernard lakonisch. „Aber worüber hast du dich gerade schon wieder aufgeregt?" „Was heißt hier, schon wieder?", erwiderte sie beleidigt.
Im Stillen gab sie ihm allerdings Recht. In letzter Zeit brachte sie so ziemlich alles zur Weißglut, schon eine Gabel, die an der falschen Stelle im Besteckkasten lag, erregte ihren Unmut. Noch schlimmer fing der Tag an, wenn sie zu nachtschlafender Zeit – so empfand sie es jedenfalls – von gurrenden Tauben geweckt wurde, am Morgen in dem Vergrößerungsspiegel einen besonders fiesen Mitesser auf

ihrer Stirn entdeckte oder wenn ihr Hund Mariella noch vor ihrer ersten Tasse Cappuccino durch lautes und anhaltendes Bellen einen Spaziergang einforderte.

„Ach, dies hier ist viel lustiger. In Montpellier hat sich ein amerikanischer Wüstenbussard im Kommissariat verflogen." „Wie ist er denn dahin gekommen?", wollte Bernard wissen. „Er saß zuerst auf einer Mülltonne, ein Mann hat ihn dort gefunden und den Ordnungshütern gebracht. Er hat ein paar Runden im Kommissariat gedreht und sich anschließend in die Gardine gekrallt. Wahrscheinlich ist er aus einer Fauconnerie abgehauen." „Ja, schade, dass er nicht bis zu uns geflogen ist." „Was sollten wir mit einem Wüstenbussard anfangen?" „Ihn auf Mäusejagd schicken zum Beispiel." Bernard grinste. „Du hast Ideen." Beatrice schüttelte den Kopf.

2

Am Morgen notierte sich Capitaine Leroux Punkte, die er sofort klären konnte.

Hatte Annegret Meyer-Chevallier Verwandte? – Wen mussten/konnten sie benachrichtigen? – Wohnte sie hier irgendwo im Hotel? Konnte die Ballistik etwas zur Tatwaffe sagen? La Lumière! War Annegret Meyer-Chevallier auf La Lumière zu Gast gewesen? Unbewusst nahm Joseph Leroux an, dass alle deutschen Touristen dieser Gegend auf der entzückenden Domäne zwischen Mèze und Montagnac wohnen müssten. „Das werde ich gleich herausfinden", murmelte er vor sich hin. Eine ungewohnt muntere Stimme meldete sich am Telefon. „Excuse-moi. Habe ich Sie auch nicht geweckt, Madame Pelzer?" „Nein, überhaupt nicht! Was gibt es? Sagen Sie jetzt nicht, dass wieder jemand ermordet wurde." „Leider doch. Wohnte Frau Annegret Meyer-Chevallier bei Ihnen?" Erleichtert atmete Bea-

trice auf. „Nein Frau Meyer-Chevallier hat nicht bei uns gebucht. Ist das ihr richtiger Name?" Beatrice dachte an Adam Parsley, der sich letztes Jahr als Jerome Magerbeck ausgegeben hatte. „Ich glaube schon. Er war auf ihrem Handy vermerkt. Sie kennen Frau Meyer-Chevallier also nicht?" „Warten Sie." Beatrice überlegte. „Am Wochenende hatte das Ehepaar Schlüter eine Frau eingeladen. Sie haben seinen Geburtstag in unserm P'tit Pirate gefeiert."
Verzweifelt versuchte Beatrice, sich an den Namen der Frau zu erinnern. Sie hatte eine Person vor Augen, die gerne laut und viel redete, aber der dazu passende Name wollte ihr partout nicht einfallen. Capitaine Leroux befreite sie von ihrer Qual. „Können Sie mir die Dame vielleicht beschreiben?" „In etwa, ja, ich versuche es einmal." Sie überlegte kurz, versetzte sich wieder in die Samstagsabendstimmung, sah das exquisite Menü vor sich, das Guillaume für sie zubereitet hatte, die Kerzen auf den Tischen, die Gäste, die sich um diese Jahreszeit auf La Lumière eingefunden hatten – und dann diese Frau.

„Sie war ungefähr 1,68 groß, blonde Locken, Kinn lang, Strähnchen, schätzungsweise fünfzig Jahre alt. Sehr lebhaft, nicht uninteressiert an den männlichen Gästen. Ach so, ordentliche Rundungen, ich würde sagen, Kleidergröße…"
„Einen Augenblick", unterbrach Capitaine Leroux sie. „Wenn es um modische Details und andere Frauensachen geht, reiche ich Sie an meine Kollegin Rozier weiter. Die kann sich diese Feinheiten eher merken als ich." Mit einem Augenzwinkern reichte er Lieutenant Rozier den Telefonhörer. Die hielt schon Block und Stift bereit. „Also, welche Kleidergröße?", hakte Catherine nach. „Ich glaube, mindestens 40, eher 42." „Wie würden Sie ihre Garderobe beschreiben?" „Schlicht, aber elegant. An dem Abend trug sie

20

ein blaues Leinenkleid." „Schuhe?" „Irgendwelche schicken Pumps, sahen nach einer teuren Alternativmarke aus." „Das könnten passen", warf Lieutenant Rozier ein. „Warum fragen Sie mich das alles? Ist ihr etwas zugestoßen?" „Na ja. Frau Meyer-Chevallier ist in der Tat etwas zugestoßen. Einen Moment bitte." Catherine Rozier hielt eine Hand über den Hörer und flüsterte: „Fahren wir hin?" Joseph Leroux nickte. „Madame Pelzer. Hätten Sie gleich Zeit für uns? Wir würden Ihnen gerne ein Foto zeigen." „Eine halbe Stunde brauche ich aber noch." Beatrice fühlte Hektik in sich aufsteigen. „Gemach, gnädige Frau. Wir wollen nichts überstürzen. Sie sind unsere erste Stecknadel im Heuhaufen. Also lassen Sie sich Zeit. Wir kommen in etwa einer Stunde." Joseph Leroux hatte das Telefon wieder übernommen. „Das ist wunderbar", seufzte Beatrice erleichtert. „A tout de suite"[5], sagte Leroux.

In der Zwischenzeit hatten die Kollegen von der Spurensicherung ihnen das Handy von Annegret Meyer-Chevallier gebracht. „Hat sie eine ICE-Nummer angegeben?", fragte Rozier ihren Chef, der etwas ratlos auf das Display des modernen Smartphones schaute. „Was bitte ist eine ICE-Nummer?" „ICE steht für In case of Emergency. Vor einiger Zeit kursierte im Internet ein Aufruf, jeder möge in seinem Handy solch eine Nummer vermerken. Falls einem etwas passiert, könnten Unfallhelfer diese Nummer anrufen." „Glauben Sie, dass Rettungssanitäter im Ernstfall Zeit dafür haben, Angehörige anzurufen? Ich weiß nicht so recht." Joseph Leroux bezweifelte das und fragte: „Gibt es eine solche Nummer in ihrem Handy?" Gespannt wartete Leroux darauf, ob Rozier eine ICE finden würde. „Hier haben wir sie", freute sich Catherine und zeigte auf den Eintrag. „Das scheint die Nummer eines Mobiltelefons zu

---

[5] Bis gleich.

sein. Karin Sommer. Sollen wir sie gleich anrufen?" „Und wenn sie kein Französisch spricht?", gab Leroux zu bedenken. „Dann warten wir, bis uns ein Dolmetscher helfen kann. Ich spreche leidlich Deutsch, aber in solch einem brisanten Fall würde ich doch lieber einem Profi vertrauen. Also soll ich?" „Gut, wir probieren es."
Entschlossen wählte Catherine die Nummer. Besetzt. Sie wartete ein paar Minuten und versuchte es erneut. Immer noch besetzt. Sie stöhnte, wartete einige Zeit, ordnete das Papierchaos auf ihrem Schreibtisch, wählte noch einmal. Wieder das Besetztzeichen. „So lange kann man mit dem Handy doch gar nicht telefonieren!", rief sie aus. Sie dachte an ihre Abneigung, längere Gespräche mit dem téléphone portable zu führen. Sie hatte oft das Gefühl, als sei die Distanz zwischen den Sprechenden noch grösser als beim Festnetz. Im Dienst war es anders, da ließ es sich kaum vermeiden, das Handy zu benutzen. „Vielleicht hat sie vergessen, das letzte Gespräch zu beenden", vermutete Leroux. „Das wäre fatal für sie bzw. ihre Finanzen. Ich werde später mit der Frau telefonieren", sagte Rozier resigniert. „Sollten wir jetzt zu Madame Pelzer fahren?" Catherine war neugierig auf das Anwesen, von dem Joseph Leroux ihr während einer Mittagspause vorgeschwärmt hatte.

Sie wollten gerade das Büro verlassen, als Docteur Letailleur anrief. „Monsieur le Capitaine, in dem Kopf von Madame Meyer-Chevallier steckte ein Projektil vom Kaliber 9 mm. Wir können noch nicht beurteilen, zu welcher Waffe das gehört." „Danke, Docteur. Sie halten uns auf dem Laufenden?" „Selbstverständlich. A bientôt."

Auf der relativ kurzen Fahrt von Mèze nach Montmèze sprachen sie nicht viel. Joseph Leroux lenkte den Dienstwagen und Catherine hatte Gelegenheit, den Himmel abzusuchen. Plötzlich entdeckte sie zwei riesige Raubvögel, die sich gaukelnd aus großer Höhe herabstürzten und dabei rasante Kehren flogen. „Halten Sie bitte an. Sofort. Bitte!" „Ist Ihnen schlecht?", fragte Leroux besorgt. „Das ist ein balzendes Rotmilan-Pärchen. Vollkommen untypisch zu dieser Jahreszeit. Normalerweise sind die schon wieder Richtung Norden geflogen." Leroux wunderte sich über die Marotte seiner jungen Kollegin, aber er fuhr wunschgemäß auf den Seitenstreifen. Catherine riss die Beifahrertür auf, sprang heraus und beobachtete fasziniert das spektakuläre Spiel der seltenen Vögel. Als Leroux Catherines jugendliche Begeisterung sah, dachte er wehmütig an die Zeit, als er noch enthusiastisch jedes Rugby-Spiel des USAL Limoges verfolgt hatte. Mit den Jahren war er abgeklärter geworden. Er konnte sich nur noch selten völlig unvoreingenommen einem Hobby widmen. „Woran erkennen Sie, dass es sich hier um einen roten Milan handelt und nicht um einen stinknormalen Mäusebussard?", fragte er. „Der Milan Royal ist deutlich größer und schlanker als ein Mäusebussard. Am besten erkennen Sie ihn an dem tief gegabelten, fuchsroten Schwanz. Er schwebt geradezu, erinnert an einen Flugdrachen. In England heißt er red kite." „Aha", mehr fiel Joseph Leroux im Augenblick nicht ein.

„Sie überraschen mich, Lieutenant Rozier", sagte er kurze Zeit später. „Sie kennen sich mit Raubvögeln aus?" „Ja. In Méjannes-lès-Alès gibt es eine Fauconnerie. In einem fünftägigen Workshop habe ich sehr viel über die Raubvögel im L'Hérault gelernt. Dort flog sogar ein recht zahmer roter Milan herum." „Aber Sie hatten noch gar keinen Urlaub?" „Den Workshop habe ich gemacht, bevor ich zu Ihnen nach Mèze gekommen bin", lächelte Catherine. „Ach so.

Da hätte ich auch selbst drauf kommen können. Haben Sie jetzt ihren visuellen Hunger gestillt?" „Wow, welch ein Wortschatz bei der Gendarmerie", wagte Catherine zu sagen. „Ich bin gebildet", gab Joseph selbstironisch zu.
Längst wieder am Steuer sitzend fiel ihm eine weitere Frage ein. „Wieso sind Rotmilane selten?" „Ganz einfach. Immer mehr von ihnen kommen durch die Rotorblätter der Windkraftanlagen um. Sehen Sie die Windräder dort rechts? Die stehen bei Aumelas. Da sind bis Ende 2014 allein 24 Rotmilane zwischen die Rotorblätter gekommen und geradewegs zersägt worden." „Das finde ich sehr bedauerlich. Aber immerhin setzt die ÈDF[6] jetzt auch auf erneuerbare Energien, ist doch besser als die saugefährlichen Atomkraftwerke", wandte Joseph Leroux ein. „Jaaah." Catherine biss sich auf die Zunge. Aber ihr Mitteilungsdrang siegte über die vorsichtige Skepsis, ob sie ihrem Vorgesetzten vielleicht zu viel über ihre privaten Ansichten auf die Nase binden sollte. „Die ÈDF gewinnt ihren Strom aus atemberaubenden 1,4% Prozent Windkraft." „Das glaube ich nicht", protestierte Leroux. „Als ich vor ein paar Monaten eine Tante in Reims besuchte, sah ich auf dem Weg dorthin hunderte von Windrädern." „Das mag sein", gab Catherine zu. „Trotzdem liegt der Anteil des Atomstroms immer noch bei über siebzig Prozent. Das ist doch abartig." „Und warum schimpfen Sie dann über die wenigen Windkraftwerke?", wunderte sich Leroux. „Es macht mich verrückt!", regte Catherine sich auf und vergaß alle Vorsicht. „Es wäre so einfach, beim Bau neuer Anlagen auf die Mindestabstände zu Brutstätten zu achten. Rotmilane segeln gerne in der Höhe und das macht sie besonders anfällig gegenüber dem Rotorschlag von Windkraftanlagen. Sie schweifen mit dem Blick in die Ferne, um am Horizont an-

---

[6] Électricité de France.

dere Greifvögel zu finden. Die zeigen ihnen an, dass dort vielleicht gerade ein Feld gemäht wird, so dass sie dort aufgescheuchte Mäuse finden, und dabei geraten sie in die Räder."

„Ja, aber könnte man nicht die Rotorblätter anstreichen, so dass die Vögel gewarnt werden?", fragte Leroux. „Das bringt leider gar nichts", bedauerte Lieutenant Rozier. „Man hat das in den USA bereits an Buntfalken getestet. Wenn man die Rotorblätter schwarz gestrichen hat, haben es die Falken schon gemerkt, aber nur teilweise. Und an rot gestreiften Rotorblättern verunglücken die Greifvögel ebenso wie an einfarbigen." „Gehören Sie etwa der PLO an?", fragte Leroux mehr interessiert als misstrauisch. Erst musste Catherine grinsen. „Noch nicht", gab sie zu. „Die Abkürzung heißt LPO und ich überlege tatsächlich, ob ich der Ligue pour la Protection des Oiseaux[7] beitreten soll. Ich habe mich schon immer für Vögel aller Art interessiert. Als ich noch in der Schule war, habe ich einmal einen Sommer im Naturschutzgebiet der Somme-Bucht verbracht. Dort gibt es den Vogelpark Marquenterre, die Vielfalt der Arten hat mich ziemlich beeindruckt." Sie schaute verträumt in den Himmel. „Wenn ich mich in der Gendarmerie erst richtig eingearbeitet und mehr Zeit habe, könnte ich mir vorstellen, aktiv für den Vogelschutz einzutreten." „Bei unserem Personalmangel wird die LPO sicher noch einige Zeit auf Sie verzichten müssen", bemerkte Joseph Leroux.

Er war kurz hinter dem Hügel von Montmèze rechts abgebogen und näherte sich schon bald der langen Einfahrt von La Lumière. Catherine Rozier staunte, als sie das schlossähnliche Gebäude entdeckte. Es lag so versteckt, dass nur

---

[7] Liga für den Schutz der Vögel.

Eingeweihte den Weg hierher fanden. Seit einigen Jahren wurde es von der Familie Pelzer als Ferienanlage bewirtschaftet und natürlich wussten die Gäste, welchen Wegweisern sie folgen mussten, um ihr Ziel zu erreichen.

Bereits kurz vor dem Tor erschien Mariella auf der Wiese und rannte schwanzwedelnd hinter ihrem Dienstwagen her. „Der gute alte Labrador springt noch munter herum, wie schön", freute sich Joseph. Er fischte einen Knabberstreifen aus seiner Jackentasche und steckte ihn Mariella zu. Sie wartete direkt vor seiner Autotür und bellte ihn zur Begrüßung an. Beatrice Pelzer stand bereits in der Tür der Rezeption und winkte ihnen zu. „Bonjour, Lieutnant Leroux. Comment allez-vous?" „Je vais très bien, je ne peux pas me plaindre[8] – seit einiger Zeit Capitaine Leroux." „Ich gratuliere!", rief Beatrice aus. „Ich habe großes Glück gehabt", dachte Joseph Leroux. Die Sache mit dem Micro-Chip hätte auch nach hinten losgehen können. Er hatte ihn ungeprüft in den Polizeicomputer gesteckt und sich einen ernsthaften Rüffel eingefangen.

„Und nun habe ich endlich Verstärkung bekommen. Darf ich Ihnen meine Kollegin, Lieutenant Rozier vorstellen?" „Sehr angenehm. Beatrice Pelzer. Möchten Sie einen Cappuccino? Einen Espresso? Ein Wasser?" „Oh, zu Ihrem Cappuccino kann ich gar nicht nein sagen." „Dem schließe ich mich gerne an." Catherine Rozier schaute sich interessiert an der Rezeption um. „Mon dieu! So viele Bücher! Haben Sie die alle gelesen?", fragte sie Beatrice. „Die stammen zum größten Teil von unseren Gästen. Ein paar Thriller habe ich gelesen, aber meistens komme ich nur im Winter dazu." „Das Objekt mit dem Treibholz und den Muscheln finde ich sehr hübsch." Catherine betrachtete es

---

[8] „Es geht mir sehr gut, ich kann nicht klagen – [...]".

näher. „Haben Sie das alles hier am Strand gefunden?", fragte sie. Beatrice nickte. Catherine nahm sich vor, beim nächsten Strandspaziergang genauer darauf zu achten, welche Schätze dort lagen. Sie setzten sich an den kleinen Tisch seitlich der Empfangstheke und genossen den Cappuccino.

Capitaine Leroux holte das Foto der toten Frau aus der Tasche und zeigte es Beatrice. „Oh mein Gott! Das ist sie! Ach Herrje, wer hat ihr das angetan? Du meine Güte, es wird ja immer gefährlicher in dieser Gegend." Beatrice hielt sich beide Hände vor den Mund und schaute mit großen Augen auf das Bild. „Welcher Gast hatte sie am letzten Samstag eingeladen?", fragte Leroux. „Das war Brunhilde Schlüter. Sie hat bei uns im Restaurant eine kleine Geburtstagsfeier für ihren Mann veranstaltet. Soll ich sie benachrichtigen?" „Sie ist noch hier? Welch ein Glück für uns. Ja, bitte sorgen sie dafür, dass sie zur Rezeption kommt. Ist das kleine Zimmer wieder frei?" „Der Reihe nach. Ja, Sie können das Zimmer benutzen, Sie kennen sich ja aus. Und ich versuche, Frau Schlüter herzubitten. Sie ist, nun…" Beatrice wollte sich nicht den Mund verbrennen. „Wie soll ich sagen… sie ist etwas kapriziös." „Es wäre wunderbar, wenn Sie das für uns täten. Und mit kapriziösen Damen kenne ich mich bestens aus", sagte Leroux mit einem raschen Seitenblick auf Rozier. „Warum schauen Sie mich dabei an?", empörte sich Catherine. „War nicht ganz ernst gemeint", lenkte Joseph Leroux ein. Beatrice Pelzer griff zum Hörer. Joseph Leroux bat Catherine, ihm zu folgen. Gleich hinter der Rezeption befand sich das Büro von Bernard Pelzer. Leroux hatte es schon bei seiner letzten Ermittlung benutzen dürfen. Das war sehr praktisch gewesen. Er hatte von dort aus telefonieren und Zeugen befragen können.

„Hier hat sich nichts verändert“, bemerkte Leroux zufrieden. Mariella schnarchte auf einem alten Schaffell leise vor sich hin. Vor einem langgezogenen Arbeitstisch aus hellem Holz fand Joseph einen bequemen Bürostuhl mit verstellbarer Lehne. Neben einem kleineren Couchtisch luden schwarze Lederschwinger zu einem Plausch ein. „Die Schreibtischlampe ist neu“, stellte er fest. „Das ältere Modell einer Lampe von Artemide.“ „Woher kennen Sie Modelle von Schreibtischlampen?“, wunderte sich Catherine. „Ich weiß sogar, wie das Modell heißt.“ Leroux‘ Tonfall verriet, dass er sich selbst auf die Schippe nahm. „Tolomeo Tavolo. Ist das nicht ein wohlklingender Name für einen Gebrauchsgegenstand? Meine Frau Hélène wünschte sich so eine vor Jahren zu ihrem Geburtstag. Ich habe im Internet lange danach gesucht und sie war für meine damaligen Verhältnisse recht teuer, aber was tut man nicht alles für seine Liebste.“ Joseph Leroux blinzelte schelmisch zu Catherine hinüber. Diese bemerkte trocken: „Ihre Frau hat Geschmack.“

In diesem Augenblick wurden sie unterbrochen. Eine Diva rauschte herein, sah sich um, blickte zunächst den Capitaine, dann Lieutenant Rozier an, musterte sie mit einem Wimpernschlag von oben bis unten und schnellte mit ihrem Kopf wieder in Richtung Capitaine Leroux. Der fühlte sich in das letzte Jahrhundert versetzt. Vor seinem geistigen Auge stand sofort ein Bild, wie er und Rozier als niedriges Gesinde von der Herrschaft zurück auf die Straße gejagt worden waren. Sein Blut geriet in Wallung. Auf hochmütigen Adel reagierte er allergisch. „Sie sind bitte wer?“, fragte Joseph Leroux die Dame. „Brunhilde Schlüter“, antwortete sie spitz. „Was gibt es, dass Sie mich vom Frühstückstisch holen lassen? Ein Verbrechen habe ich meines Wissens nicht begangen.“ „Sie nicht! Aber ich hörte, dass Sie diese

Frau kennen." Leroux sah gar nicht ein, Brunhilde Schlüter auf den Schock vorzubereiten. Er zeigte ihr das Foto der Toten. „Was ist mit ihr", kreischte Brunhilde. Sie schnappte theatralisch nach Luft. „Wer hat sie so zugerichtet? Oh mein Gott, ich glaube, ich falle in Ohnmacht."

Bevor sie hyperventilieren konnte, reichte ihr Catherine geistesgegenwärtig ein großes Glas Wasser. „Hier, trinken Sie das!" „Ich muss mich setzen!", stöhnte sie und wankte zu einem der schwarzen Schwinger. „Wann haben Sie Frau Meyer-Chevallier zuletzt gesehen?", fragte Capitaine Leroux unerbittlich. „Warten Sie! Das war am Samstag, als wir hier im Restaurant den Geburtstag meines Mannes gefeiert haben."

Sie war blass geworden und kauerte sich für eine Sekunde zusammen. Dann aber, als bringe sie sich selbst innerlich zur Räson, erhob sie sich wieder, sah dem Capitaine fest in die Augen und fragte: „Wo haben Sie Annegret gefunden?" „Kurz hinter Marseillan, auf dem Gelände eines alten Schuppens. Aber dort hat man sie nicht umgebracht. Haben Sie eine Idee, welchen Strandabschnitt Frau Meyer-Chevallier bevorzugte?" „Soweit ich weiß, ist sie immer ein Stück gefahren. Wohin genau, das entzieht sich leider meiner Kenntnis." „Aber Sie können uns sicher sagen, wo sie hier gewohnt hat."

„Das kann ich, in der Tat. Ihr Ex besitzt drüben in Marseillan ein schmuckes Haus am Hafen, dafür hatte sie die Schlüssel."

„Ex was? Exmann? Exlover?", Leroux runzelte die Stirn. „Ihr ehemaliger Mann. Sie sind seit Jahren geschieden." „Wusste er, dass sie dort ihren Urlaub verbringt?" „Ja, ich bin mir sicher, dass sie darüber gesprochen haben." „War sie allein dort?" „Ja, sie war alleine. Sie brauchte dringend

Erholung. Ich glaube, dass nicht einmal ihre Büroleiterin weiß, wo sie ist." „War", korrigierte Catherine. Brunhilde Schlüter zuckte mit keiner Wimper. Ein kurzer Seitenblick zu Catherine, dann wandte sie sich wieder dem Capitaine zu. „Also wusste nur ihr Ex-Mann, dass sie sich hier in der Gegend aufhielt?", fragte Leroux. „Martin kommt für einen Mord überhaupt nicht infrage. Der ist viel zu sehr mit seinem Theater beschäftigt. Und wenn er sich nicht gerade mit Berlioz oder Rossini abmüht, turnt er um seine neue Flamme herum." „Die findet nicht gerade Ihr Wohlgefallen, entnehme ich Ihrem Tonfall?"

„Wenn man wie ein Uhu singt und glaubt im Alter noch als Cowgirl auftreten zu müssen…" Ihre verdrehten Augen vervollständigten das Gesagte. „Noch provinzieller finde ich es, dass er eine geniale Künstlerin in den Graben verbannt, ihr belanglose Rollen gibt und stattdessen seine Mätresse bei jeder sich bietenden Gelegenheit besetzt." „Das ist wirklich nicht fein! Welche Funktion hat Monsieur Martin?" „ Martin Chevallier ist der Künstlerische Leiter der Opéra National de Montpellier. Falls Sie jetzt nach seiner Adresse und Telefonnummer fragen, die habe ich gelöscht!" Sie warf demonstrativ den Kopf in den Nacken. „Und Frau Meyer-Chevallier wollte sich hier lediglich ausruhen. Oder hatte sie noch andere Ambitionen?" „Annegret hatte immer Ambitionen. Ursprünglich wollte sie tatsächlich einmal vierzehn Tage gar nichts tun, die Seele baumeln lassen, wie man bei uns sagt. Aber sie hat sich doch wieder Arbeit mitgenommen. Unterlagen über irgendeine Windkraftanlage in Spanien. Und über irgendwelche schwimmenden Windanlagen irgendwo hier in der Nähe. Ich kann mir gut vorstellen, dass sie sich die entgegen aller Beteuerungen vor Ort anschauen wollte."

„Was hat Frau Meyer-Chevallier beruflich gemacht?" „Sie war Staatssekretärin im Umweltministerium." „In Berlin?" „Nein, in Nordrhein-Westfalen." „Können Sie uns die Adresse des Ferienhauses in Marseillan geben?", fragte Leroux. „Wie die Straße genau heißt, weiß ich nicht, sie biegt jedenfalls auf der gegenüberliegenden Seite von Noilly Prat am Ende nach links ab." „Ist Frau Meyer-Chevallier geflogen oder mit dem eigenen Wagen gekommen?" „Ach je, da muss ich einen Augenblick überlegen." Brunhilde Schlüter legte die Stirn in Falten. „Als sie uns besuchte, kam sie mit einem Auto. Nein. Ich glaube, sie ist geflogen und hat sich dann einen Leihwagen genommen." „Welches Fabrikat?" „Tut mir leid, aber Automarken konnte ich mir noch nie merken, vermutlich ein kleineres Modell." Joseph Leroux hätte sich denken können, dass er auf diese Frage nur eine vage Auskunft bekommen würde. Nach seiner bisherigen Erfahrung merkten sich Frauen höchstens die Farbe eines Autos.

„Hatte sie vielleicht Feinde in der Partei? Oder in der Atomindustrie? Oder Neider?", fragte Catherine Rozier. Sie hatte sich bei der Befragung bisher vornehm zurück gehalten. Instinktiv spürte sie, dass Brunhilde Schlüter auf Joseph Leroux fixiert war. „Natürlich existieren bei einer erfolgreichen Frau jede Menge Neider", gab diese patzig zurück. „Schließlich hat sie sich gegen einige männliche Konkurrenten durchgesetzt. Aber ich kann mir keinen von ihnen als Mörder vorstellen. Die Energie, ihr dafür bis nach Südfrankreich zu folgen, würden sie allesamt nicht aufbringen." Bei dem letzten Satz überzog ein arrogantes Lächeln ihr Gesicht. „Und hier? Ist Ihnen jemand unangenehm aufgefallen? Hat Frau Meyer-Chevallier etwas in dieser Richtung angedeutet?" „Ich wüsste niemanden und meinen Mann oder mich wollen Sie ja wohl nicht verdächtigen. Außer ihrem Exmann kannte sie keinen hier unten." Sie wandte sich zum Gehen. „Einen Augenblick noch." Leroux' Stimme konnte schneidender nicht sein. Er deutete mit einer Handbewegung an, dass sie sich wieder setzen sollte. „In welchem Verhältnis standen Sie selbst zu Frau Meyer-Chevallier?", fragte Leroux. „Sie war meine beste Freundin", schleuderte Brunhilde Schlüter ihm entgegen. Dann brach sie unvermittelt in Tränen aus. „Brauchen Sie mich noch?", schluchzte sie. „Ich möchte jetzt sofort zu meinem Mann." „Eine Frage noch. Wie lange sind Sie noch hier?", Capitaine Leroux sah sie fragend an. „Falls wir weitere Informationen von Ihnen brauchen", fügte er hinzu. „Und wir können Ihnen eines nicht ersparen. Sie müssen Frau Meyer-Chevallier identifizieren." „Nein!", stieß Brunhilde Schlüter aus. „Muss ich das wirklich?" Joseph Leroux nickte und schaute ihr fest in die Augen. „Wir bleiben bis Ende der übernächsten Woche", stammelte Brunhilde Schlüter und flüchtete aus der Rezeption.

„Was für eine überhebliche Zicke", schoss es aus Catherine heraus. „Na, zuletzt wohl nicht mehr", konstatierte Joseph. „Aber jetzt sollten wir zurück aufs Revier und weitere Schritte überlegen." „Haben wir noch ein paar Minuten Zeit? Wir könnten einen Spaziergang über das Gelände machen und Sie zeigen mir den Ort, an dem Adam Parsley ermordet wurde", schlug Catherine Rozier vor. „Ach. Sie haben wohl noch keine Lust auf kahle Bürowände", scherzte Leroux. „Aber gerne. Wo wir schon einmal hier sind. Und ein bisschen Bewegung nach dem vielen Sitzen kann nicht schaden. Ah, Madame Pelzer, vielleicht haben Sie

Lust, Lieutenant Rozier die Anlage zu zeigen?" „Mit Vergnügen. Kommen Sie mit."

In diesem Augenblick eilte Bernard Pelzer mit einer Mappe unter dem Arm an ihnen vorbei. Er grüßte kurz und wollte weiter gehen, als er Capitaine Leroux erkannte. „Ah Monsieur Leroux! Wie geht's?", Bernard kam ihnen entgegen und streckte seine Hand aus. Dann fiel sein Blick auf Lieutenant Rozier. „Eine neue Kollegin!?" „Catherine Rozier, Lieutenant." Sie gab Bernard Pelzer ebenfalls die Hand. „Es gibt doch nicht etwa wieder ein Verbrechen hier in der Gegend", fragte er. „Leider doch. Aber davon wird Ihnen Ihre Frau berichten. Wir möchten die Gelegenheit nutzen und uns wieder einmal Ihre gelungene Architektur anschauen. Haben Sie neue Baupläne?", Joseph Leroux zeigte auf Pelzers Mappe. „So ist es", versicherte Bernard. „Wir brauchen ein paar Umbauten, ebenerdige Räume, damit auch die älteren Gäste klarkommen. Ich muss leider los. Wir sehen uns." Und schon war er wieder verschwunden.

Beatrice zuckte mit den Schultern. „So ist er, immer auf Achse, très occupé[9]. Sollen wir?" Sie machte eine Bewegung zum Gehen. Mariella stürmte aus der Haustür und stellte sich an ihre Seite. „Du hast wieder gerochen, dass wir spazieren gehen", sagte Beatrice.

„Wissen Sie", wandte sich Beatrice an Catherine, „die Abbaye de Valmagne ist im vierzehnten Jahrhundert von Benediktinern errichtet worden. Dies hier waren die Wirtschaftsgebäude. Hier haben die einfachen Mönche gelebt, Gemüse angebaut und Kühe oder Schafe gehalten. Bei der Restauration und dem Wiederaufbau hat mein Mann darauf geachtet, dass die historische Bausubstanz so weit wie möglich erhalten blieb." Sie gingen von der Rezeption aus über einen Kiesweg durch ein Tor, stiegen ein paar

---

[9] „Sehr beschäftigt".

Treppenstufen hinab, vorbei an dem Wahrzeichen der Anlage, dem Turm. „Kann man in dem ganzen Turm wohnen?", fragte Catherine wissbegierig. „Kann man", bestätigte Beatrice. „Es gibt in jeder Etage ein Schlafzimmer und ganz oben können Schwindelfreie unbeobachtet sonnenbaden." „Wow!", Catherine war beeindruckt. „Duften die Mimosen nicht göttlich?", schwärmte Beatrice. Sie gingen an den mit gelben Bällchen übersäten Bäumen vorbei. „Herrlich!", stimmte Catherine zu. „Solch eine Art habe ich bei uns oben in der Normandie noch nie gesehen." Sie atmete tief ein und ließ sich von dem lieblich-fruchtigen Aroma betören. „Eigentlich müssten Sie hier Käuzchen hören, stimmt das?", fragte Catherine interessiert. „Ja, das tun wir. Ganz besonders im Januar. Es müssen mehrere sein, die sich gegenseitig rufen. Mal hört man ein ‚Huhhuhuhu-Huuh' und ein anderer antwortet mit ‚Kuwitt'." „Das ist ein Paar", wusste die vogelkundlich bewanderte Catherine zu berichten. „Der Huhu-Kauz ist das Männchen und die Kuwitt-Ruferin das Weibchen. Die sind auf Lebenszeit verbandelt. Im Januar und Februar verbringen sie ihre Tage an benachbarten Ruheplätzen. Sobald sie tagsüber denselben Platz gefunden haben, hört das allabendliche Rufen auf. Diese Eulenart brütet im Februar oder März." „Und so etwas lernt man bei der Gendarmerie?" Beatrice war beeindruckt. „Nein, nein", lachte Catherine. „Das ist meine private Leidenschaft."

Sie gingen nun auf das kleine Restaurant zu, das P'tit Pirate. Rechts davon schimmerte das Wasser in dem kreuzförmig angelegten Swimmingpool. „Wie schade, dass es noch zu kalt zum Schwimmen ist", bedauerte Catherine. „Sonst würde ich glatt hineinspringen." „Na, die ersten Jugendlichen waren in diesem Jahr schon drin", berichtete Beatrice. „Haben Sie Zeit für einen Aperitif?", fragte sie und zwin-

kerte Joseph verschwörerisch zu. „Oh nein, auf keinen Fall. Wir sind im Dienst." Joseph fasste das Angebot als eine nette Geste auf. „Ich muss meiner Kollegin Rozier noch die eine Stelle zeigen, Sie wissen schon." „Dann bleibe ich lieber hier. Sie kennen den Weg. Schauen Sie bei Gelegenheit mal wieder vorbei. A bientôt. Auf Wiedersehen."
Capitaine und Lieutenant gingen am Swimmingpool und am Sandkasten für die Kleinsten vorbei, umrundeten den Bouleplatz und ergötzten sich an dem herrlichen Waldstück zur Rechten, wo hinter neu gepflanzten Olivenbäumen ein Gemisch aus Pinien, Lärchen und Douglasien stand. Vor dem Gelände des Pitch and Putt bogen sie nach links. Hinter dem nächsten Knick zeigte ihr Leroux die Stelle, an der sie Adam Parsley damals gefunden hatten. „Ganz schön groß, das Gelände", stellte Catherine fest.
Sie schlugen den Rückweg ein. „Wo fangen wir an?" „Gute Frage. Wir machen erst einmal eine Tapete." „Eine Tapete?" „Ja, wir hängen ein großes Stück Papier an die Wand und schreiben alles auf, was wir wissen und was noch offen ist. Dann hat man schneller einen Überblick und alle können sich daran orientieren." „Ist das nicht furchtbar altmodisch? Wir könnten ein Flipchart nehmen." „Ach, bis wir in unserem Laden so ein Ding aufgetrieben haben", er vollendete den Satz nicht, aber Catherine verstand. „Müssen wir nicht den Staatsanwalt einschalten?", erinnerte Catherine ihn. „Das habe ich heute Morgen schon erledigt, als Sie noch auf dem Weg zur Gendarmerie waren." Er meinte es nicht vorwurfsvoll, aber Catherine zuckte zusammen. „War ich zu spät?" „Aber nein, alles ist gut. Ich stehe gerne früh auf, dann habe ich Ruhe, um nachzudenken und wichtige Telefonate zu erledigen, bevor die Hektik losgeht."

Villedieu-les-Poêlles - (Mai 2015)

Gisèle nahm sich fest vor, diszipliniert zu bleiben. Heute Morgen wollte sie endlich weiter an ihrer Doktorarbeit zur ‚Mentalen Kontrastierung – Gedankliches Gegenüberstellen von positiver Zukunft und dem Hindernis in der Realität‘ schreiben. Sie wusste, dass sie sich ein hohes Ziel gesteckt hatte, aber mit weniger Anspruchsvollem wollte sie sich nicht zufrieden geben. Der alte Küchentisch aus Massivholz, an dem schon ihre schneidernde Großmutter Schnittmuster festgesteckt hatte, war übersät mit Interviews und Büchern. Gabriele Oettingen, Ellen Langer, Freud und natürlich C.G. Jung warteten darauf, von ihr gelesen und in ihre Arbeit einbezogen zu werden. Ausgedruckte Blogbeiträge von dem genialen Heidelberger Coach Roland Kopp-Wichmann stapelten sich neben Fragebögen, die sie an der Uni und in Buchläden verteilt und wieder eingesammelt hatte. Nebenan auf einem wackeligen Schreibtisch stand ihr Computer.

Gisèle ging unorthodox vor. Sie schrieb ihre Gedanken mit der Hand nieder, danach tippte sie alles ab. Sie liebte beides, das langsame, betuliche Pinseln auf Papier und das schnelle, rastlose Schreiben mit der Tastatur. Mittlerweile war sie wählerischer geworden. Das Papier, auf dem sie den ersten Entwurf festhielt, musste glatt und geschmeidig sein, raue, billige Blätter blockierten mitunter ihre Ideen. Das Schreiben am Computer machte ihr Spaß, gleichzeitiges Denken und Tippen, die Möglichkeit, alles zu verschieben, zu streichen, dem Werk nach Laune andere Formate zu verpassen, das gefiel ihr. Aber kaum hatte sie das Gerät eingeschaltet, den Browser aufgerufen, musste sie sich zusammenreißen. Zu leicht rutschte der Mauszeiger auf das Game, das Spiel. „Jetzt nicht", sagte sie sich. „Später! Ich schreibe mindestens zehn bis fünfzehn Seiten. Erst dann… Na gut, fünf." Die Gedanken stockten, sie kam nicht weiter, das richtige Wort blieb auf der Strecke. Sie raufte sich die Haare, knibbelte an den Fingernägeln, kochte sich einen schwarzen Tee; das Brett vor dem Kopf blieb.

Ein kurzer Klick. Nur fünf Runden Pucky-Jam, den Level nicht geschafft, zur Überbrückung das Spiel mit bunten Früchtchen. Hier kam sie ebenfalls nicht weiter. Dann die Bonbons. Fünf Spiele und keinen Schritt weiter. Zurück zu Pucky-Jam. Virtuelle Freunde hatten ihr Spiele-Leben geschickt, trotzdem, es klappte nicht. Jetzt war sie kurz davor, das Spiel zu gewinnen, zwei Steinchen fehlten zu ihrem Glück. Sie kaufte Münzen für 3,99 Euro. Ihre Kreditkarte wurde akzeptiert. Sie gewann trotzdem nicht.

3

„Verbinden Sie mich mit dem Minister!" Er schaute auf das großformatige Foto hinter Glas, das eine Theaterszene aus Kriemhilds Rache zeigte und lächelte seinem Spiegelbild zu, während er in den Hörer sprach. „Es eilt, Geraldine!" „Sehr gerne, Monsieur Bouchon." Eilfertig wählte seine Sekretärin die gewünschte Nummer. Während er auf die Verbindung wartete, säuberte Olivier Bouchon seine Fingernägel, feilte sie glatt und polierte sie mit einem Buffer. Danach trug er eine Pflegelotion auf. Das Schwarz-Weiß-Foto zeigte eine gelungene Komposition von drei Schauspielern im dritten Teil der Nibelungen. In der Mitte thronte Kriemhild, vor ihr auf dem Boden der erschlagene Hagen, seitlich verließ Gunther die Szene.

„Der Minister ist am Apparat", kündigte Geraldine an. „Bonjour! Wie geht es Ihnen? Hat Ihrer Gattin der Aufenthalt in der Domaine de Verchant gefallen?" „Ah, bien! Das war wirklich exzellent. Meine Gattin schwärmt heute noch von dem ausgezeichneten Frühstücksbuffet. Wirklich hervorragend, Ihre Wahl." Olivier Bouchon wartete gelangweilt die wortreiche Erklärung des Ministers ab. Dann legte er los.

„Wie sieht es mit der Genehmigung für Pascual Freres aus? Ist die Erweiterung im Parlament durch?" Er schaute aus dem Fenster. Die Bäume waren über Nacht grün geworden, Vögel sangen, die Sonne offenbarte, dass die Bürofenster geputzt werden müssten. Bouchon ließ die umständlichen Erklärungen des Ministers über sich ergehen. „Wir müssen überzeugen und wir brauchen noch mehr Argumente, damit die Mehrheit des Parlaments für das Projekt stimmt." „Aber Herr Minister, ich bitte Sie! Meine Mitarbeiter stehen in den Startlöchern. Warum dauert das so lange?" Olivier wählte absichtlich einen vorwurfsvollen

Ton. Der Minister sprang darauf an, entschuldigte sich, bat um Geduld und versprach, auch weiterhin für das Bauvorhaben im Languedoc-Roussillon zu werben. „Die Zukunft des Landes liegt in Ihren Händen", sagte Olivier beschwörend. „Herr Minister, Sie müssen mich entschuldigen. Ein unaufschiebbarer Termin wartet. Ich höre von Ihnen." Olivier Bouchon konnte es sich leisten, den Minister einfach abzuwürgen.

„Bringen Sie mir einen Kaffee und ein Croissant", wies Bouchon seine Sekretärin an. Dann schaltete er seinen Laptop ein und stellte im Darknet eine Verbindung zu einem besonderen Freund her.

4

Nach der Mittagspause hängte der Capitaine das angekündigte Papier auf. Es war keine Tapete, sondern ein großes Stück Packpapier. „Das tut's auch", rechtfertigte Leroux sich. In die Mitte schrieb er ‚Annegret Meyer-Chevallier, Staatssekretärin'. Von ihr wies ein Pfeil nach rechts oben. ‚Martin Chevallier, Künstlerischer Leiter der Opéra Comédie'. „Ich dachte, er ist an der Opéra National beschäftigt?", hakte Catherine nach. „Das ist das gleiche", erklärte Joseph. „Im Volksmund wird sie nur Opéra Comédie genannt." Unter Martin Chevallier vermerkte er noch ‚Geliebte Uhu'. Catherine Rozier runzelte die Stirn. „Muss das nicht ‚Geliebter Uhu' heißen?" „Coupeur de cheveux en quatre[10]", zog Leroux sie auf.
„Tut mir leid, ich neige eigentlich nicht zur Haarspalterei." Wieder erwischte sich Catherine bei einer Entschuldigung. „Aber dann machen Sie doch bitte entweder einen Doppelpunkt oder ein Komma zwischen die Geliebte und den

---

[10] Wörtlich: Silbenklauer, hier im Sinne von Erbsenzähler.

Uhu." Leroux nahm es sportlich und setzte mit Schwung einen Doppelpunkt hinter die Geliebte. „Was wissen wir noch?", fragte er.

„Frau Meyer-Chevallier wollte sich irgendetwas im Zusammenhang mit Windkraft in Spanien anschauen." „Gut, dann vermerke ich das. Na, und dann haben wir noch unsere vortreffliche Brunhilde. Das ist noch nicht sehr viel. Vielleicht finden Sie im Netz die Telefonnummer des Exmannes heraus. Entweder er gehört zu den Verdächtigen oder er kann uns etwas über die Tote erzählen." „Wann können wir Madame Schlüter zur Identifizierung bitten?" „Doktor Letailleur wird mir Bescheid geben."

„Ja, und wir sollten nach Marseillan fahren und uns ihr Urlaubsquartier vornehmen." „Das machen wir jetzt sofort. Wer weiß, vielleicht finden wir dort Hinweise. Noch wissen wir nicht, wo sie wirklich umgebracht wurde. Es kann durchaus sein, dass sie nach einem Strandaufenthalt in ihre Wohnung zurückgekehrt ist. Oder sie ist mit dem Auto zum Strand gefahren. Oder jemand hat sie dorthin mitgenommen." „Gut, fahren wir hin, dann sehen wir weiter."

Sie nahmen die B51 von Mèze nach Marseillan. Kurz vor dem Ortseingang zeugte eine kohlrabenschwarze Böschung davon, dass es hier im letzten Jahr einen verheerenden Brand gegeben hatte. Die Stelle war immer noch relativ kahl, aber das Haus war neu verputzt und hatte einen frischen Anstrich erhalten. Sie bogen links ab in den Boulevard Jean Bertouy, wo relativ gleichförmige Häuser nebeneinander aufgereiht waren. Am Ende fanden sie den Quai Antonin Gros. Zur Rechten lagen mehrere schmucke Boote, einige davon mit champagnertrinkenden Eignern an Deck. Voller Neid blickten sie auf die bereits eingetroffenen Touristen, die sich in den Restaurants und Bistrots zur

Linken tummelten. „Jetzt eine Portion überbackene Austern, das wäre fein“, seufzte Catherine. „Ich dachte, Sie essen keine Tiere“, spottete Joseph Leroux. „Ich esse nichts, was Augen hat“, mokierte sich Catherine. „Ich weiß nicht, hier am Hafen zahlen Sie für die Aussicht mit. Und mir ist jeder Nepp zuwider. Aber schließlich wollen wir uns jetzt um das Haus der Chevalliers kümmern und nicht schlemmen.“ Am Ende des Quai Antonin, da, wo man eigentlich meinte, es ginge nicht weiter, machte die Straße einen Knick und mündete in die Rue des Pêcheurs. Sie parkten den Wagen in einer Seitenstraße. Dass Leroux seinen liebevoll gepflegten Peugeot nicht mehr für Dienstfahrten nehmen durfte, fuchste ihn. Sein direkter Vorgesetzter, General Mathieu, hatte ihn darauf hingewiesen, dass er anderenfalls Lieutenant Rozier nicht mitnehmen dürfe. „Die Haftpflichtversicherung käme in dem Fall für Schäden nicht auf“, hatte er sein Verbot begründet.

Die Rue des Pêcheurs schien sich im Gegensatz zu anderen Straßen neu definiert zu haben, weg von dem Einheitsgrau, hin zu farbenfroher Gestaltung. Eines dieser Häuser fiel sofort ins Auge. Es schmückte sich im Erdgeschoss mit Natursteinen, das Stockwerk darüber war in einem leuchtenden Weiß gestrichen. Die schnörkellosen Gitterstäbe vor den Balkonen und die großen Fensterrahmen aus antik anmutendem Eisen betonten den eigenwilligen Charakter des Hauses.

Ein eisernes Tor bestach durch schlichte Eleganz, es hätte sich auch um ein Kunstwerk handeln können. In der oberen rechten Ecke bemerkte Joseph ein Symbol.

„Was ist das für ein Zeichen? Haben Sie das schon einmal gesehen?“ fragte Joseph Leroux seine Kollegin. „Ich glaube, das ist ein altes keltisches Symbol“, sagte Catherine nachdenklich. „Ich muss überlegen. Ich habe es schon irgendwo gesehen, aber im Augenblick fällt es mir nicht ein." „Später fliegt es Ihnen bestimmt zu, Frau Allwissend", neckte er sie. „Machen Sie sich über mich lustig?" Lieutenant Rozier funkelte ihn beleidigt an.

Sie konnte ihren Chef nicht einschätzen. Er verhielt sich anders als viele der selbstherrlichen Kollegen, die sie bisher kennengelernt hatte. Er behandelte Zivilisten genauso freundlich wie Männer und Frauen von der Gendarmerie Nationale. Auch das Machogebaren anderer Kollegen war ihm fremd. Catherine schätzte ihn auf Mitte Vierzig, obwohl er in seiner Gesamterscheinung jünger wirkte. Er hatte keine ausgesprochen athletische Figur, aber er bewegte sich flink und drahtig. Seine Augen signalisierten eine generelle Bereitschaft zum Lachen. Waren sie braun? Oder eher grau? Catherine war sich nicht sicher. Leicht gelockte, dunkle Haare umrahmten sein Gesicht.

„Sind Sie sicher, dass dies das richtige Haus ist?", zweifelte Rozier. „Madame Pelzer hat es mir ziemlich gut beschrieben. Sie hat den Gärtner Pierre an die Nachbarn vermittelt, eine Familie Sondheim. Dies muss es sein." „Entschuldigung, vielleicht bin ich blind, aber ich kann hier überhaupt keinen Garten entdecken", sagte Catherine verwirrt. „Ich vermute, die Gärten liegen hinter dem Haus, von der Straße nicht einsehbar." „Aha! Und wo sollen wir nach ihrem Mietauto suchen?", fragte Catherine Rozier. „Vielleicht in der Garage dort?" Leroux zeigte auf eine Reihe viereckiger, gesichtsloser Kästen, die seitlich an den Häusern klebten. Capitaine Leroux suchte vergeblich eine Türklingel, bis er eine schlichte Tafel bemerkte. In der rechten, unteren Ecke befand sich ein Knopf. „Das soll wohl die Klingel sein", sagte er zu seiner Kollegin. Er drückte den Knopf, vernahm ein entferntes Geräusch, aber es folgte keine Reaktion. Auch beim zweiten und dritten Klingeln tat sich nichts. In der Nachbarschaft schlugen dagegen mindestens zwei bis drei Tölen ein ohrenbetäubendes Gelärme an. Ihr schrilles Kläffen schmerzte in Leroux' Ohren. „Bestimmt loulous[11]“, kommentierte Joseph, „die geben nie auf“. Sonst blieb alles ruhig.

„Hier scheint im Augenblick niemand außer Annegret Meyer-Chevallier zu wohnen. Wir sollten uns einen Haustürschlüssel von ihrem Exmann besorgen. Haben wir schon seine Adresse?“ „Er wohnt in der Rue de la Méditerranée, das ist ganz in der Nähe des Theaters.“ „Wie haben Sie das so schnell herausbekommen?“, wunderte sich Leroux. Catherine Rozier tippte auf ihr Smartphone. „Dieses Spielzeug scheint doch ganz nützlich zu sein“, gab er widerwillig zu.

‚Sollte er sich von Hélène eines zum Geburtstag wünschen?‘ Bisher war er strikt gegen solch eine Anschaffung gewesen. „Ich werde nicht zu einem modernen ‚Hans peep dans l'air‘[12] mutieren!“, hatte er noch vor einiger Zeit mit Nachdruck behauptet. „Die junge Generation schaut nicht mehr links, nicht rechts, sondern nebeneinander hergehend nach unten auf ihr Smartphone.“ Schleichend hatte sich seine Einstellung geändert.

„Finden Sie auch seine Telefonnummer? Dann rufen wir ihn von hier aus an und fragen, wo wir ihn treffen können.“ Rozier hielt das Smartphone bereits an ihr linkes Ohr. „Bonsoir, Monsieur Chevallier! Lieutenant Rozier von der Gendarmerie Nationale. Wir müssen Sie sehr dringend sprechen. Haben Sie in ungefähr einer Stunde Zeit?“ „Das würden wir Ihnen lieber persönlich sagen“. „Gut, dann

---

[11] Spitze (Mehrzahl) Hunderasse.

[12] Hans guck in die Luft.

kommen wir direkt zur Oper." „Ja, wir melden uns beim Pförtner. A bientôt."

5

„Der Termin steht. Sollen wir das Blaulicht einschalten?" „Das ist nicht nötig. Wir schaffen es auch so, rechtzeitig am Place de la Comédie zu sein. Es wäre im Übrigen sehr nett, wenn Sie sich diesmal ans Steuer setzen könnten. Ich würde gerne noch ein paar Sätze mit meiner Frau wechseln." „Natürlich mache ich das", erwiderte Catherine und fing die Autoschlüssel auf, die er ihr zuwarf. Über die Autobahn erreichten sie zügig die Hauptstadt des Languedoc-Roussillon.

„Hélène, du ahnst bestimmt, dass es heute später wird." „Ach so, ich hatte vergessen, dass du zu dem neuen Chor gehst." „Woher soll ich den Pianisten kennen?" „Stimmt, jetzt erinnere ich mich. War Schumann, oder?" „Konzertmeditation?" „Gut, erkläre es mir später."

„Geht Ihre Frau singen?" „Ja, sie hat eine Gruppe gefunden, in der sie sich bis jetzt recht wohl fühlt. Aber singen kann man das eigentlich nicht nennen. Sie geben Töne, Worte oder Phrasen von sich und ein Pianist spielt dazu Klavier." „Aha!", kommentierte Catherine. „Ich glaube, das heißt Improvisation. Scheint ein neuer Trend zu sein." „Stimmt. Hélène hat so etwas auch gesagt."

Nachdem sie sich eine Weile auf den dichten Verkehr konzentriert hatte, fuhr sie plötzlich fort. „Jetzt fällt mir wieder ein, wo ich das Symbol schon einmal gesehen habe." „Welches Symbol?", fragte der Capitaine zerstreut. „Das von dem Tor!", antwortete Catherine. „Ach so, das. Und? Woher kennen Sie es?" „Es ist das Labyrinth, es gilt auch als Symbol für den Sonnentanz. Ich habe es in der Kathedrale von Chartres gesehen." „Wofür steht das Symbol? Wissen

Sie das auch?" „Nicht ganz genau, ich glaube, es steht für einen Ort der Kraft oder der Konzentration. Ich habe es vergessen." „Ach herrje. Sollte unser Opernfürst etwa ein Mystiker sein?" „Das werden wir spätestens heute Abend wissen", grinste Catherine.

Sie parkten direkt vor der Oper, mussten aber zunächst den Personaleingang suchen. In der Rue des Ètuves wurden sie fündig. „Hier sollten wir richtig sein." Capitaine Leroux zeigte auf eine dunkelgrün gestrichene Tür. Im Mittelteil war sie mit einem Jugendstilgitter versehen. „Das hätte uns Monsieur Chevallier auch gleich sagen können", beschwerte sich Catherine. „Bestimmt geht er davon aus, dass jeder Einwohner der Stadt den Bau hier kennt. Oder er ist, wie Madame Schlüter schon sagte, mit seinen Gedanken nur auf der Bühne. Aber die Architektur ist doch genial!" „Wie bei allen alten Gebäuden. Mal schauen, ob es drinnen genauso spektakulär aussieht." Catherine Rozier ließ sich nicht so leicht beeindrucken. Ihre Skepsis bestätigte sich, die Gänge innerhalb des Gebäudes waren schmucklos. „Hören Sie die Schreie der Wände?", gluckste Catherine. „Sie rufen: Streich mich! Streich mich!" Joseph Leroux kicherte vornehm. Ein Pförtner wies ihnen den Weg zum Büro des künstlerischen Leiters der Oper.

Auf ihr Klopfen öffnete Martin Chevallier persönlich. „Treten Sie ein. Es ist etwas chaotisch hier, einen Augenblick, ich räume gleich einen weiteren Stuhl frei. Ich wusste nicht, dass Sie zu zweit kommen." Noch während er sprach, ging er zu einem alten Thonet-Stuhl, auf dem stapelweise Partituren herumlagen. Er legte sie einfach auf den Boden. „Was kann ich für Sie tun?", fragte der hochgewachsene Mann. In seiner Stimme lag eine gewisse Ruhelosigkeit. Seine Augen verschwanden hinter einer runden Brille, der Dreitagebart wirkte an ihm gewollt und eher schmuddelig denn verschönernd. Catherine fand ihn auf Anhieb unsympathisch. Capitaine Joseph Leroux schlug einen amtlichen Tonfall an.

„Monsieur Chevallier, wann haben Sie Ihre geschiedene Frau zuletzt gesehen?" Martin Chevalliers Augen flackerten nervös, er verdrehte die Augen und dachte nach. „Annegret? Sie rief mich vor gut einer Woche an und fragte, ob sie das Haus in Marseillan für eine Weile bewohnen könne. Danach?" Er schüttelte den Kopf. „Danach habe ich nicht mehr mit ihr gesprochen. Warum? Was ist mit ihr?" „Sie haben sie nicht gesehen?" Wieder verneinte Martin Chevallier. „Sie besaß einen eigenen Schlüssel für das Haus." Und zur weiteren Erklärung führte er aus: „In vierzehn Tagen haben wir eine Premiere. Da stehe ich hinter, vor und auf der Bühne und habe kaum für etwas anderes Zeit. Nun sagen Sie schon, ist ihr etwas zugestoßen? Hatte sie einen Unfall oder warum sind Sie hier?" „Ihre geschiedene Frau ist umgebracht worden." Martin Chevallier nahm die Brille ab und schaute sie entgeistert an. „Annegret? Aber wieso denn?" „Das wollten wir Sie fragen. Kennen Sie Menschen, die Ihrer Exfrau Böses wollten?" Martin Chevallier zögerte. Dann gab er sich einen Ruck und erzählte. „Sie war eine Zeitlang mit einem Manager zusammen, ein paar Jahre jünger als sie. Wenn Sie mich fragen, ein windiger Geselle. Offiziell leitete er eine Firma, die sich mit Windkraft beschäftigt." „Deswegen auch windig", wandte Leroux ein. Auch Chevallier raffte sich zu einem winzigen Lächeln auf. „Ich möchte ihn wirklich nicht in eine kriminelle Ecke stellen", erklärte er. „Ich habe ihn nur zweimal kurz gesehen, aber ihn umgab ein Hauch von Verschlagenheit, als ob er etwas verbergen müsste." „Haben Sie auch einen Namen für uns?", wollte der Capitaine wissen. Martin Chevallier wandte sich unruhig auf seinem Stuhl hin und her. „Olivier Bouchon.“ Martin Chevallier ließ sich in seinen Stuhl zurückfallen, so als ob er gerade Schwerstarbeit geleistet hätte. „Wissen Sie, ob Ihre Exfrau sich in Languedoc nur entspannen wollte oder hatte sie hier auch berufliche Termine?“ „Kann ich Ihnen nicht hundertprozentig beantworten. Annegret war ein Arbeitstier, sie hatte immer etwas am Start. Aber diesmal?“ Erneut starrte Chevallier an die Decke. „Warten Sie.“ Chevallier legte seine Fingerspitzen an die Stirn. „Ja! Sie wollte sich verschiedene Windkraftanlagen anschauen. Soweit ich noch von früheren Besuchen weiß, hatte sie sich da in etwas verbissen. Vertikalrotoren, sagt Ihnen das etwas?“ „Sollte es das?“, fragte Leroux unsicher. „Es geht um Alternativen zu herkömmlichen Windrädern.“ „Wieso, gibt es noch etwas anderes als normale Windräder?“ Joseph Leroux kannte sich auf diesem Gebiet nicht aus. „Capitaine Leroux, ich kümmere mich mehr um Verdi und Konsorten, um Sänger, Orchester und Beleuchter. Ich habe nicht die geringste Ahnung von erneuerbaren Energien. Aber Annegret hing einer Verschwörungstheorie nach.“ „Verschwörungstheorie?“, Leroux runzelte die Stirn. „Ja, sie glaubte, dass die Hersteller herkömmlicher Windräder sich rabiat durchgesetzt hätten. Allein ihre Produkte sollten sich auf dem Energiemarkt durchsetzen.“ „Reden Sie von Bestechung?“ Chevallier wiegte unschlüssig den Kopf. „So drastisch hat Annegret es nie formuliert. Aber sie regte sich furchtbar darüber auf, dass es kaum Forschungsgelder für weniger schädliche Energieformen gab.“ „Hatte sie Erfolg?“ „Ich weiß es nicht!“ „Wurde sie deswegen vielleicht bedroht?“ „Auch dazu kann ich Ihnen bedauerlicherweise gar nichts sagen. Gibt es noch etwas, dass Sie wissen möchten? Wie schon gesagt, die Premiere steht ins Haus und daneben laufen die Vorbereitungen für Anna Bolena an."

„Doch, Monsieur Chevallier, ich würde gerne von Ihnen wissen, wie Ihre Geschiedene menschlich war, abgesehen von ihrer Arbeitswut?", mischte sich Catherine ein. „Mmmh. Völlig ichbezogen. Deswegen hat unsere Ehe auch nur ein paar Jahre gehalten. Sie feierte gerne und ausgiebig. Und eine Kostverächterin, was Männer angeht, war sie auch nicht. Mehr möchte ich gar nicht sagen. Über Tote redet man nicht schlecht."

„Monsieur Chevallier, besitzen Sie eine Waffe?" „Ich?! Wieso eine Waffe? Ich verstehe Ihre Frage nicht?" Er schaute verwundert abwechselnd von Leroux zu Rozier. Dann schien er zu begreifen. „Sie meinen… Sie glauben… also in der Theaterwelt wird ständig gemordet, aber nur auf der Bühne. In manch einer Saison stirbt in über 70 Prozent der aufgeführten Werke mindestens ein Mensch. Nein, ich besitze keine Waffe, kein Gewehr, nicht einmal eine Schreckschusspistole." Scheinbar fassungslos ob dieser Unterstellung schüttelte er den Kopf. „Nun gut, wir glauben das jetzt erst einmal", sagte Leroux. „Hätten Sie einen Schlüssel für das Haus in Marseillan. Wir würden es gerne näher unter die Lupe nehmen. Vielleicht finden wir dort Hinweise, die uns weiterbringen könnten." „Selbstverständlich. Aber ich bewahre ihn natürlich nicht hier in der Oper auf. Wenn Sie sich ein paar Minuten gedulden würden, lasse ich ihn von einem Assistenten holen." „Wir warten gerne", echoten Joseph Leroux und Catherine Rozier.

Als Chevallier telefonierte, schauten sie sich für eine Sekunde vielsagend an. „Es dauert wirklich nicht lange", versicherte ihnen Chevallier. „Ich würde jetzt allerdings gerne weiter arbeiten. Wenn Sie noch mehr Fragen haben, beantworte ich die gerne, falls mir das möglich ist." „Vermutlich müssen wir Sie noch einmal detailliert befragen, aber jetzt warten wir draußen. Wir wünschen Ihnen noch ein erfolgreiches Schaffen." Sie verabschiedeten sich und gingen langsam auf dem Gang vor seiner Tür auf und ab.

„Ob der wirklich so beschäftigt ist wie er tut? Oder wollte er uns nur loswerden und Zeit gewinnen?"

Capitaine Leroux genoss es, anders als beim Fall ‚Adam Parsley', seine Überlegungen direkt mit einer Kollegin zu teilen. Der Staatsanwalt Marc Majory war ihm damals eine große Hilfe gewesen, aber Marc kniete sich zurzeit in einen komplizierten Fall von illegalem Glücksspiel. „Wahrscheinlich werde ich noch bei gewaschenem Geld, Steuerhinterziehung und anschließend in Panama landen", hatte er neulich am Telefon zu Joseph gesagt.

6

„Mir gefällt Chevallier als Person nicht", sagte Catherine. „Aber ich habe die dumpfe Ahnung, dass er nichts mit dem Mord an seiner Exfrau zu tun hat." Augenblicke später kam ein Mann mit gemäßigten Schritten auf sie zu. „Capitaine Leroux? Hier sind die Schlüssel von Monsieur Chevallier. Bitte bringen Sie uns die zurück, wenn sie sie nicht mehr brauchen." Noch auf dem Weg zum Auto ertönte aus Leroux Jackentasche ‚Smoke on the Water'. Catherine schaute ihren Chef amüsiert an. „Erinnerungen an die Siebziger? Hat Ihre Mama das gehört, als Sie in der Wiege lagen?" „Um ein bisschen mehr Respekt darf ich aber sehr bitten, junge Frau." Capitaine Leroux schaute seine Kollegin gespielt vorwurfsvoll an. Dann nahm er das Telefongespräch entgegen.

„Doktor Letailleur, bonsoir!" – „Haben Sie vielen Dank."

„Wie wir schon vermutet haben: Tod durch einen Schuss aus nächster Nähe. Todeszeitpunkt zwischen acht und neun Uhr abends am Sonntag. Das hätten wir vor einer halben Stunde wissen sollen. Also müssen wir Monsieur Chevallier noch einmal bei seinem L'elisir d'amore stören!", Joseph Leroux grinste schadenfroh. Er hatte grundsätzlich nichts gegen Theaterleute, aber Chevallier war ihm eine Spur zu glatt vorgekommen. „Auch wenn Sie mich jetzt wieder eine Haarspalterin schimpfen. Den Liebenstrank[13] hat Donizetti geschrieben. Auf dem Schreibtisch von Chevallier lag aber die Partitur von Béatrice et Bénedict von Hektor Berlioz." „Sie sehen gar nicht so aus, als gingen Sie dauernd in die Oper, Frau Kollegin." Leroux schaute sie skeptisch von der Seite an. „Sie sehen mit einem Blick, welche Partitur dort herumliegt? Haben sie heimlich auf eine Profiler-Fortbildung besucht?"

„Ach, den Liebestrank musste ich im Musikunterricht analysieren, und dass ich Béatrice und Bénédict kenne, ist purer Zufall." Catherine winkte ab. Sie spürte den neugierigen Blick ihres Chefs auf sich ruhen und wurde rot. „Ich war in der Oberstufe zu einem Schüleraustausch in Erlangen. Das ist die Partnerstadt von Rennes. Die Schule dort hatte einen Opernabend organisiert. Wir sind mit dem Bus nach Nürnberg zum Staatstheater gefahren und dort stand Béatrice und Bénédict auf dem Plan. Es war total witzig inszeniert. Alle Opernsänger saßen verteilt im Orchester und gaben vor, ein Musikinstrument zu spielen. Und die Musiker mussten ihrerseits schauspielern. Eine der Opernsängerinnen stand plötzlich neben mir und sang vom Gang aus. Ich sage Ihnen, diese Stimme hat mich fast vom Sitz gerissen, unglaublich." Im Geiste sah Catherine noch die auf hässliches Entlein getrimmte Frau mit fettigen Haaren

---

[13] L'elisir d'amore.

und Schlabberlook, die vor Lebendigkeit sprühte. Im Anschluss an die Vorstellung hatten sie und einige Mitschülerinnen beim Pförtner auf die Künstlerin gewartet und sich ein Autogramm von ihr geben lassen. „Wie hieß sie noch gleich?", sagte sie laut. „Wie bitte?", Leroux verstand nicht. „Ich hab's! Anke Sieloff!", rief Catherine aus. „Anke Sieloff? Nie gehört", brummelte Leroux. „Sie sehen nicht so aus, als ob Sie irgendeinen Opernstar kennen würden", sagte Catherine. „Ach! Und wie würde ich aussehen, wenn doch? Schillerlocken? Abstehende Ohren? Ein Nasenring vielleicht?" Catherine wollte sich ausschütten vor Lachen. „Pavarotti!", triumphierte Joseph Leroux. „Ich kenne Pavarotti!" Catherine kicherte in ihr Smartphone.

Sie standen erneut vor der Tür von Martin Chevallier. Ein unwirsches „Entrez" dröhnte aus dem Inneren des Büros. „Sie schon wieder!", Martin Chevallier stöhnte. „Haben Sie etwas vergessen zu fragen?" „Durchaus! Wo haben Sie sich am Sonntagabend zwischen acht und neun Uhr aufgehalten. Und um es abzukürzen: Gibt es Zeugen dafür?" „Zeugen?", Chevallier lachte meckernd. „Am Sonntagabend habe ich bis ungefähr halb elf Uhr abends am zweiten Akt von Beatrice und Benedict herumprobiert. Zeugen? Ungefähr fünf Beleuchter, eine Souffleuse, mindestens zehn Techniker, zwei Sopranistinnen… oh, Pardon, Madame Agathonos musste in Athen als Rosina aushelfen. Weiterhin waren anwesend der Tenor, der Bariton und der Bass. Der Regieassistent, der Dramaturg. Einen Augenblick. Die Altistin hat sich an dem Abend entschuldigen lassen, sie war erkältet. Reicht das? Brauchen Sie Namen? Eine Liste? Wenn Sie bis morgen Zeit haben, lasse ich Ihnen von meinem künstlerischen Büro eine Liste aller Anwesenden anfertigen." „Danke Monsieur Chevallier und entschuldigen

Sie die Störung, aber wir müssen das fragen. Auf Wiedersehen!“

„Ich glaube, für heute haben wir genug. Rom ist auch nicht an einem Tag erbaut worden. Fahren wir nach Hause. Morgen sollten wir Brunhilde Schlüter darum bitten, ihre Freundin zweifelsfrei zu identifizieren. Können Sie mich bitte daran erinnern?“ „Ich werde mich bemühen“, sagte Catherine Rozier. Erschöpft gingen sie zu ihrem Fahrzeug und fuhren zurück nach Mèze.

7

Hélène hatte einen köstlichen Salat mit Meeresfrüchten vorbereitet, aber Joseph war ausnahmsweise viel zu überdreht, um Hunger zu haben. „Schatz, ich esse den morgen.“ Er schob das Schüsselchen in den Kühlschrank. Hélène mokierte sich nicht darüber, denn sie brannte darauf, ihm von ihrer Chorprobe zu berichten. „Heute war es total klasse“, sprudelte sie los, kaum, dass er seine Dienstjacke und die Schuhe ausgezogen hatte. „Bitte, warte mit dem Erzählen. Ich brauche erst einmal ein Glas Wasser. Dann setze ich mich neben dich auf die Couch und höre dir zu.“ Joseph schielte auf die hellbraune Ledergarnitur, die sie erst vor ein paar Tagen im Internet gekauft hatten. Zusammengerollt lag Minouche dort, wo normalerweise er saß. „Na, du kleiner Schlawiner. Ich werde dir beibringen, wer dort sitzt“, sagte er so leise, dass Hélène ihn nicht hören konnte. Er setzte sich und rückte der Katze auf den Pelz. Minouche knurrte unwillig und wich drei Millimeter zur Seite. „Ist sie nicht goldig?“, lachte Hélène und stellte ein Glas Wasser für Joseph auf den niedrigen Couchtisch. „Stell’ dir vor, heute ist sie auf die Fensterbank gesprungen und hat mich so lange angemaunzt, bis ich das Fenster geöffnet habe. Dann ist sie hier herein geturnt.“ „Na, wenn das so ist, können wir die Katzenklappe ja wieder ausbauen“, murrte Joseph. „Nun sei doch nicht so garstig! War es heute so anstrengend?“ Joseph nickte nur, denn er merkte, dass Hélène etwas auf den Nägeln brannte.

„Darf ich jetzt? Versprochen, ich höre dir auch gleich zu. Aber ich muss dir etwas erzählen, sonst platze ich gleich.“ „Na gut, schieß los“, sagte Joseph gleichmütig und nahm einen kräftigen Schluck aus dem bauchigen Glas. „Wir sollten zu zweit Phrasen singen.“ „Ja und? Was ist daran so spektakulär?“ „Geduld, bitte. Ich habe mich mit Anita verständigt und wir haben Töne zum Tod von Rudolph gefunden.“ „Anita? Was ist das für ein Name? Habe ich noch nie gehört. Aber gut, was habt ihr gemacht?“ „Joseph. Du könntest wirklich etwas mitfühlender fragen.“ Hélène schmollte ein paar Sekunden, aber dann gab sie sich einen Ruck. „Anita ist vor ein paar Jahren aus Hamburg hierher gezogen. Und ja, wir haben uns von Federn, Luft und Leichtigkeit inspirieren lassen. Das war… das war, ich glaube, erhebend ist der richtige Begriff dafür“, schwärmte Hélène. „Na, Hauptsache, dir gefällt's“, kommentierte Joseph trocken. „Das tut es!“ ,antwortete Hélène eingeschnappt. Sie wusste, dass Joseph, hatte er sich einmal in einen Fall verbissen, für nichts anderes mehr Sinn hatte. Deshalb fragte sie nach einer Pause: „Gibt es etwas Neues?“ „Nur, dass es wahrscheinlich nicht der Exmann war. Und dass sie am Sonntag spätabends umgebracht und fortgeschafft wurde. Noch nichts Weltbewegendes.“ Hélène räumte den Tisch ab und summte das alte Kinderlied für Katzen „Mioau, miaou, la nuit dernière…“[14] „Hey, was singst du denn da? Ist das für die Katze oder übst du für den nächsten Klassenausflug?“, rief Joseph ihr hinterher.

---

[14] Entspricht dem deutschen Kinderlied: Miau, miau, hörst du mich schreien…

„Ich mag das Lied, das ist alles", flötete Hélène und summte weiter. „J´entendais dans la goutière." Als sie wieder aus
der Küche kam, lag er mit offenem Mund auf dem Sofa
und schnorchelte sanft vor sich hin. Sie weckte ihn vorsichtig und schlug vor, ins Bett zu gehen.

,Schreiben ist wie die Geburt eines Babys', dachte Giséle. ,Die Gedanken fließen in die Finger, die Phantasie verwandelt sich in Worte, die Worte erzeugen eine Stimmung, vielleicht bekommen sie einen Klang, eine Farbe? Aber wer würde es lesen?' – „Im Alltag eigene Gedanken so steuern, dass sie zum Ziel führen." – Sollte sie nüchterner schreiben? Wissenschaftlicher? – „Ziel und Hindernis so anschaulich vor Augen führen, als erlebe man beides – mitsamt der damit verbundenen Gefühle." – Würde Professor Bertrand zufrieden sein? Ihre Darlegungen plausibel finden? Catherine fehlte ihr. Catherine dachte logisch, strukturiert, sie hatte Ordnung in ihr Chaos gebracht. Catherine hatte ihre halbfertigen Gedanken zu Ende gedacht, sie hatte angeregt, diskutiert und ihr notfalls in den Hintern getreten. Aber sie war gegangen, hatte sie allein gelassen. Die Flasche mit dem halbtrockenen La Mancha war fast leer.

Genug geschrieben für heute. Die Haushaltskasse war auf ein Minimum geschrumpft, die nächsten Tage müsste sie sich einschränken, vielleicht… Neulich hatte sie etwas im Internet entdeckt… Wenn sie nur ein bisschen… Zehn Euro könnte sie einsetzen. Verlockend. Sie rief die Seite auf, klickte zweimal, die Scheibe drehte sich, blieb auf der zwölf hängen.
Hundert Euro gewonnen. Sie fühlte sich fabelhaft.

Mittwoch

1

„Catherine, können Sie bitte im Internet etwas über Olivier Bouchon herausfinden?" „Kann ich", erwiderte Lieutenant Rozier trocken. „Und wir haben diese Frau Sommer noch nicht informiert", fiel dem Capitaine ein. „Oh je", stöhnte Catherine Rozier. „Das erledige ich als Erstes!" „Und Sie wollten Brunhilde Schlüter bitten, Annegret Meyer-Chevallier zu identifizieren!", erinnerte sie ihn.
Sie kramte die Nummer von Karin Sommer heraus. „Karin Sommer, Büro Meyer-Chevallier, guten Morgen", meldete sich eine Frau mit der Stimme eines jungen Mädchens. Ein junges Mädchen? Catherine stutzte eine Sekunde lang. Was hatte sie erwartet? Jedenfalls nicht diesen zarten Tonfall. „Parlez-vous francais?", fragte Catherine. „Biensur, womit kann ich Ihnen helfen?", zwitscherte Karin Sommer. Catherine war erleichtert. Obwohl sie es recht flüssig lesen konnte, scheute sie sich davor, Deutsch zu sprechen, erst recht am Telefon. Den jugendlichen Eindruck, den Karin Sommers Stimme vermittelte, brachte sie nicht in Einklang mit dem Bild von Annegret Meyer-Chevallier. Nach dem, was sie bis jetzt von ihr gehört hatten, war die gewiss nicht zart besaitet. Gegensätze ziehen sich an? Vielleicht!
Jetzt musste sie die junge Dame über das schreckliche Geschehen informieren. „Madame Sommer, Sie sind als Notfall-Nummer in dem Handy von Frau Meyer-Chevallier vermerkt." „Ihr ist doch nichts zugestoßen?", fragte Frau Sommer ängstlich. „Leider doch. Madame Meyer wurde am Montagmorgen tot aufgefunden. Und sie ist einem Verbrechen zum Opfer gefallen." Catherine wartete ab, was jetzt passieren würde. „Oh!" Mehr sagte Karin Sommer zunächst nicht. Nach einer winzigen Pause fragte sie: „Wie ist

sie umgekommen?" „Sie wurde erschossen. Darf ich Sie fragen, warum Frau Meyer-Chevallier Sie als ICE-Nummer angegeben hat? Ich meine, offensichtlich haben Sie beruflich mit ihr zu tun. Hatte Frau Meyer keine Verwandten?" „Nein, nein… doch! Sie hat eine Mutter, die lebt seit einigen Jahren in einem Seniorenheim. Ihre einzige Tochter ist nach Kanada ausgewandert und ihr geschiedener Mann arbeitet irgendwo in Südfrankreich. Frau Meyer-Chevallier ist beruflich und politisch sehr engagiert." „Madame Sommer, fällt Ihnen auf Anhieb jemand ein, der Ihrer Chefin schaden wollte?" Karin Sommer überlegte lange. Zögernd sagte sie dann: „Annegret, ich meine Frau Meyer-Chevallier, sie war… wenn sie sich etwas in den Kopf gesetzt hatte, ist sie über Leichen gegangen. Oh!" Erschrocken hielt sie inne. „Pardon, das ist mir jetzt so herausgerutscht, ist wohl nicht der passende Ausspruch. Sie brauchte absolut loyale Menschen um sich herum, wer sich ihr oder ihren Ideen widersetzte, ist nach einiger Zeit von selbst gegangen." „Sie meinen, Madame Meyer hat sie weggemobbt?", unterbrach Catherine. „Mmmh, ja, so könnte man es nennen." „Aber Sie kamen mit ihr zurecht?" „Naja", meinte Karin Sommer. „Sie war sehr idealistisch und ich habe ihre Herangehensweise grundsätzlich für gut und richtig gehalten. Andererseits", sie zögerte, bevor sie weitersprach, „sie konnte schon am Morgen launisch ins Büro kommen, das hörte man an ihrem Gang. In solchen Fällen hielt man sich am besten fern von ihr. Sie konnte aber auch ungeheuer witzig, intelligent und schlagfertig sein. Das hat mir imponiert und das Leben mit ihren Macken erleichtert." „Und konkret? Könnten Sie mir jemanden nennen, mit dem wir uns näher beschäftigen sollten?" „Es tut mir sehr leid, aber im Augenblick ist mein Denken durch diese schreckliche Nachricht vollkommen blockiert.

Darf ich mir Ihre Telefonnummer notieren. Bestimmt fällt mir etwas ein, wenn ich wieder zur Ruhe gekommen bin."
„Das finde ich gut." Catherine diktierte ihr die Durchwahl und gab ihr darüber hinaus ihre private Mobilnummer. „Passez une bonne journée"[15], verabschiedete sich Karin Sommer in akzentfreiem Französisch. „Eine sehr reizende junge Dame", bemerkte Catherine. „Vielleicht fällt ihr tatsächlich später noch etwas ein. Sie hat jedenfalls versprochen, sich zu melden."

„Gut", sagte Joseph Leroux und ergänzte die ‚Tapete' um einen weiteren Bezug. Von Madame Meyer-Chevallier führte nun eine schräge Linie zu ihrer Büroleiterin, Karin Sommer. „Ich werde mich jetzt um den Mietwagen kümmern", erklärte er. „Excuse-moi, aber haben Sie schon Brunhilde Schlüter gebeten, die Identifikation vorzunehmen?" Joseph schlug sich mit der flachen Hand vor die Stirn. „Nein! Habe ich nicht! Danke!"
Joseph rief auf La Lumière an, ließ sich mit Brunhilde Schlüter verbinden und vereinbarte einen Termin für den nächsten Tag. Dann machte er sich eine Liste mit den Firmen, die am Flughafen Montpellier Fahrzeuge aller Preisklassen anboten. ‚Eine Deutsche wird wahrscheinlich eine Agentur bevorzugen, die sie kennt.', dachte er. Also notierte er als Erstes die Telefonnummer, deren Name sich deutsch anhörte. Er wollte gerade die Zahlen tippen, als er seinerseits angerufen wurde. Die Kollegen aus Séte waren am Apparat. „Wer hat euch informiert? Ah, einer der Angler. Moment, ich notiere. JH-347-JL. Merci. Das erleichtert uns die Arbeit. Ich hoffe, wir können uns bei Gelegenheit revanchieren. A bientôt et bonne journée."

---

[15] Ich wünsche Ihnen einen schönen Tag.

„Sie haben einen silbernen Peugeot 208 am Strand von Castellas gefunden. Einem Angler ist aufgefallen, dass der da schon seit Sonntag an derselben Stelle steht. Nach der Nummer zu urteilen, muss es sich um ein neueres Fahrzeug handeln. Ich kläre eben ab, ob es zu der Flotte von Merkur gehört." Gehörte das Fahrzeug nicht. Beim nächsten Vermieter hatte er Glück. Nachdem er vorweg geschoben hatte, dass es sich um einen Mordfall handele, gab ihm die Angestellte der Firma Kemper bereitwillig Auskunft. „Madame Meyer-Chevallier hat den Peugeot mit dem Kennzeichen JH-347-JL am 6. April um 13.00 Uhr angemietet." „Merveilleuse!"[16]

Lieutenant Rozier fuchtelte wild mit den Armen, um ihm zu bedeuten, dass sie ihm etwas sagen wolle. „Einen Augenblick bitte." Capitaine Leroux hielt eine Hand über den Hörer. „Was gibt es denn?" „Fragen Sie doch, ob sie den Namen Olivier Bouchon in den Akten führen. Manchmal gibt es einen Zufallstreffer." Leroux fragte. „Ist der auch umgebracht worden?", wollte die Angestellte wissen. „Er könnte ein möglicher Zeuge sein", antwortete Leroux ausweichend. Die Angestellte zögerte. Leroux konnte sich gut vorstellen, dass sie gerade ihren Chef zweifelnd anblickte. „Brauchen Sie das Einverständnis des Staatsanwaltes?", fragte Leroux. „Das wäre hilfreich", lächelte die Angestellte ins Telefon. „Reicht ein Fax?"

Inzwischen hatte Catherine Rozier neues Material für ihre sogenannte Tapete gesammelt. „Tut mir leid, Lieutenant, aber das muss warten!" Catherine schaute ihn fragend an. „Haben Sie Ihren Bikini dabei?", fragte Leroux todernst. „Wie bitte?" „Wir müssen sofort an den Strand von Castellas. Ihr Mietwagen! Wir müssen ihn auf Spuren untersuchen." „Ah, so! Im Bikini? Nur, wenn Sie Ihren Mankini

---

[16] Wunderbar!

überstreifen", parierte Catherine. „Oha, das würde die Männer von der Spurensicherung sicher sehr freuen." Dann schütteten sie sich aus vor Lachen, schnappten sich die Schlüssel und zogen los.

„Welcher Strandabschnitt ist es?" „Nummer 72." Keine zwanzig Minuten später bogen sie auf die Straße ein, die zum Strand von Castellas führte. Direkt gegenüber des Campings Topkapi lag der große Parkplatz. Sie fuhren bis zu seinem Ende und sahen im Schatten des hohen Schilfes den Peugeot stehen. „Ah, die Kollegen! Bonjour!", begrüßten Leroux und Rozier die Herren von der Spusi, die bereits alles abgesteckt hatten und mit ihren Instrumenten herumwerkelten. Sie nahmen allerlei Abdrücke von dem Auto. „Ist doch logisch, das ist ein wahres Kuddelmuddel von Spuren bei einem Mietwagen. Wenn Sie mich fragen, reinste Zeitverschwendung", murrte Fournier. „Nehmen Sie Proben vom Sand hier? Wäre doch wenigstens ein Versuch wert." Fournier nickte nur und schaufelte Sand in eine Plastiktüte. Derweil hatte sich Rozier das Fahrzeug genauestens angeschaut, es sah völlig normal aus. „Mmmh! Das Auto weist keine Kratzer, keine Beulen, nichts Ungewöhnliches auf. Jedenfalls nichts, was auf ein Verbrechen hindeuten würde." „Tja, wir haben unsere Pflicht getan. Lasst das Fahrzeug wegbringen. Die Leute von der Autovermietung werden es irgendwann wiederhaben wollen. Einen schönen Tag noch. Á tout á l'heure."

Auf dem Rückweg ließen sie sich Zeit. Zur Linken sahen sie den Abenteuerspielplatz von Marseillan-Plage, der Urlaubskinder auf ihr Leben als Piraten vorbereiten sollte. „Und? Wird der im Sommer geentert?", fragte Catherine ihren Chef. „Ich weiß es nicht. Ich habe keine Kinder, leider. Aber ich kann mir schon vorstellen, dass es hier im Juli und August rappelvoll ist." Auf der dahinter liegenden

Kartbahn jagten sich zwei einsame Fahrer, von denen man lediglich die Helme sah. „Hier sieht der Canal du Midi aber ein bisschen trostlos aus", bemerkte Catherine, als sie die neu asphaltierte Brücke überquerten. Zwei Boote lagen schräg im Wasser. Die Fäulnis hatte bereits an den Planken genagt und die Farben konnte man kaum noch erahnen. „Wie schade, dass die Melonenbude noch nicht geöffnet hat", seufzte Catherine, als sie sich auf der Straße zurück nach Marseillan befanden. „Die würden jetzt überhaupt noch nicht schmecken. Im Sommer sind die ein Traum." „Stimmt! Ich muss mich in Geduld üben", gab Catherine zu und vermeinte, den leicht süßen Duft der Cantaloupe-Melone zu riechen. „Ich kriege Hunger, wenn ich nur daran denke", sagte sie laut. „Tun es auch Erdbeeren?", meinte Leroux mit einem Seitenblick. „Darf ich nicht essen", bedauerte Catherine. „Allergie!", schob sie nach. „Das tut mir leid für Sie. Aber ich kenne das Theater. Ich habe seit meinem Vierzigsten selbst mit ein paar Unverträglichkeiten zu kämpfen. Es gibt Menschen, die meinen, man denke sich so etwas aus, damit man eine Extra-Wurst bekommt." „Wieso das denn?" „Habe ich alles schon erlebt", grinste Leroux. „'Wenn du uns besuchst, wird es kompliziert mit dem Essen' war noch das Harmloseste, was ich zu hören bekam." Inzwischen waren sie in ihrem Büro bei der Gendarmerie angekommen. „So, jetzt sind Sie an der Reihe und dürfen Ihr Wissen ausbreiten", sagte Leroux gut gelaunt.

„Olivier Bouchon, 42 Jahre alt, verheiratet, keine Kinder. Er hat vor kurzem eine Prachtvilla in Eymoutiers gekauft und leitet das Unternehmen Ventocell in Limoges, das als Société à Responsabilité Limitée (SARL)[17] geführt wird und Windkraftanlagen aufstellt. Das Unternehmen wurde

---

[17] In Deutschland: GmbH.

erst vor kurzem gegründet." „Was heißt vor kurzem? Haben Sie ein genaues Datum?", unterbrach Leroux. Rozier nickte. „Januar 2015. Das war ein halbes Jahr, nachdem die französische Regierung Fördermaßnahmen für Windkraftanlagen beschlossen hat." „Womit hat Bouchon denn vorher sein Geld verdient? Haben Sie darüber auch etwas im Netz gefunden?"
Joseph Leroux fand das Wissen, das im Netz gesammelt wurde und abrufbar war, unheimlich. Was eine fremde Person wohl über ihn herausfinden konnte? Seine Krankengeschichte? Seinen ursprünglichen Beruf, seinen Werdegang?

„Er hat für ein weltbekanntes Pharmaunternehmen gearbeitet und ist dort unangenehm aufgefallen. Während eines Prozesses in England kam heraus, dass er mit seinen Einschüchterungsversuchen wohl zu forsch vorgegangen ist." „Das gibt es?", Joseph Leroux wunderte sich. Catherine Rozier fuhr fort. „Ein britischer Kardiologe namens Charles Pinehurst hat ihn vor Gericht gebracht. Pinehurst hat vier Jahre mit allen juristischen Mitteln gekämpft. Soweit ich das auf die Schnelle herausfinden konnte, ging es um Wissenschaftsbetrug." „Und unser Bouchon hatte damit etwas zu tun?", staunte Leroux „Richtig, er sollte den Professor unter Druck setzen, seine Ergebnisse anzweifeln und nach Möglichkeit seinen Ruf beschädigen. Aber dabei hat er es übertrieben. Die Firma hat sich noch während des Prozesses von ihm getrennt." „Aber warum sollte der Forscher bestochen werden?" „Pinehurst hatte Fintopraxol getestet, ein Medikament, das nicht nur völlig unwirksam war, sondern sogar gefährliche Nebenwirkungen zeigte. Bouchon hat ihn, im Auftrag versteht sich, sehr direkt gebeten, die Daten einiger Patienten wegzulassen; dadurch hätte sich die ganze Statistik geändert. Die Gefährlichkeit dieses Medikamentes wäre nicht publik geworden." „Wird im Internet erklärt, wie das geht?", fragte Leroux. „Augenblick, ich suche danach." „Ja, jetzt habe ich einen Artikel." Catherine las den Bericht leise, dann erklärte sie.

„Nehmen wir an, von zwanzig Probanden, die ein Medikament testen, nehmen fünfzehn keine negativen Wirkungen wahr. Fünf werden jedoch schwer krank oder sterben im schlimmsten Fall. Dann nimmt man die Spitzenwerte – in diesem Fall die fünf Erkrankten – aus der Statistik heraus und behauptet, das Medikament werde gut vertragen. Verstehen Sie?" „Kaum zu glauben", sagte Leroux. „Wer sagte noch gleich: Traue keiner Statistik, die du nicht selbst gefälscht hast!?" „Ich glaube, es war Winston Churchill. Aber mittlerweile sind sich die Historiker nicht sicher, ob er es wirklich als erster benutzt hat. Wenn ich weiterlese, benutzen die Statistiker auch gerne das Spiel mit absoluten und relativen Zahlen, aber das würde hier zu weit führen." „Könnten wir vertiefen, wenn uns im Dienst zu langweilig wird."

Währenddessen war in der zentralen Faxstelle der Gendarmerie ein Papier des Opernhauses Montpellier eingegangen. Fein säuberlich waren die Namen von dreiundzwanzig Menschen aufgeführt, die alle die Anwesenheit des künstlerischen Leiters Martin Chevallier am Samstag, den zehnten April, bestätigen konnten. „Könnten Sie das Fax bitte schon einmal zu den Akten nehmen? Ich werde den Staatsanwalt anrufen. Ich denke, er wird mir den Datenabgleich mit der Mietwagenfirma wegen Bouchon genehmigen."

2

„Marc, wie geht es dir?" „Frag mich nicht! Ich stecke bis zum Hals in den Ermittlungen zu illegalen Glücksspielen.

Ich wusste bisher nicht, dass generell an die vier Milliarden Euro jährlich verdaddelt werden." „Und jetzt versuchst du, wen zu fassen? Die Spieler? Die Leute, die Hinterzimmer vermieten?" „Don't pull my leg!", scherzte Marc. „Ich nehme dich nicht auf den Arm, ich habe einfach keine Ahnung von der Materie. Ich will dich gar nicht lange aufhalten. Ich, Pardon, wir sind in dem Mordfall Meyer-Chevallier auf einen Mann gestoßen und wüssten sehr gerne, ob der zur Tatzeit hier in der Gegend gewesen ist. Die Madame von der Autovermietung am Flughafen Montpellier will uns ohne ausdrückliche Genehmigung nichts sagen. Kannst du bitte veranlassen, dass wir eine Auskunft über Olivier Bouchon einholen dürfen?" „Ich lasse dir die Genehmigung zufaxen. Wie sieht es am Wochenende bei euch aus. Ein nettes Essen ist längst überfällig. Ich lade euch ein. Frage Hélène und sage mir Bescheid, dann koche ich uns etwas Nettes." „Mache ich und weiterhin erfülltes Graben." „Graben?" „Nach Informationen!"

Zwanzig Minuten später spuckte das Fax-Gerät die offizielle Genehmigung von Staatsanwalt Marc Majory aus. Die Firma Kemper sei berechtigt, ihre gespeicherten Daten über Olivier Bouchon an die Gendarmerie Mèze weiterzugeben. Leider hatte das Büro der Autovermietung über Mittag geschlossen, so dass sie sich bei dieser Frage in Geduld üben mussten.

3

Den kleinen, dunkelbraunen Knopfaugen des neu angestellten Spaniers Fernando entging nichts. Er gehörte noch nicht sehr lange zum Handwerkerteam von La Lumière. Bernard Pelzer hatte ihn eines Tages in Figures, Spanien, auf dem Marktplatz kennen gelernt. Bernard hatte bei ihm Terrakottakacheln gekauft und war von dem Fachwissen des Verkäufers beeindruckt gewesen. Kurze Zeit später konnte Fernando seine Fähigkeiten als Fliesenleger endlich wieder einsetzen. Er schuftete wie ein Tier. Allerdings brachte er nicht nur seine Arbeitskraft, sondern auch sein heißblütiges Temperament mit nach La Lumière. Sobald er eine attraktive Frau sah, konnte er sich nicht bremsen und machte ihr schöne Augen.

Als Beatrice mittwochmittags frisch gewaschene Tischdecken ins P'tit Pirate brachte, überraschte sie Fernando, wie er gerade mit Josephine schäkerte. „El cuero! Bella!" Diesen Ausspruch kannte Beatrice mittlerweile. „Hast du das der Frau aus Marseillan auch gesagt?", fragte sie ihn unverblümt. Fernando zuckte mit den Schultern, grinste vielsagend und sagte: „Frau einsam, brauchte ein bisschen Liebe." „Wie? Bist du ihr etwa nachgestiegen?" Statt einer Antwort grinste Fernando noch breiter und wollte sich eiligst entfernen. „Bleib!", rief Beatrice energisch. „Sag' mir nur eins. Wann war das? Doch nicht am letzten Sonntag!" „Nicht Sonntag. War, glaube ich, Freitag. Ja, war Freitag." „Lass' das nicht zur Gewohnheit werden." Beatrice rollte mit den Augen, sagte aber weiter nichts.

„Gewohnheit?", murmelte Fernando, als er sich zur nächsten Baustelle aufmachte.

4

Joseph Leroux und Catherine Rozier hatten heute kein Glück. Sie hatten der Autovermietung Kemper die Genehmigung von Marc Majory gefaxt. Sie warteten eine viertel Stunde, dann telefonierten sie erneut mit deren Büro am Flughafen Montpellier. Die Firma Kemper hatte eine Karteikarte mit den Daten von Olivier Bouchon, aber die stammte aus dem letzten Jahr. Also klapperte Catherine die übrigen Vermieter ab. Keiner hatte in dem fraglichen Zeitraum ein Fahrzeug an Olivier Bouchon vermietet.

„So ein Mist", schimpfte Catherine leise vor sich hin. „Vielleicht hat er einen Flug nach Nizza oder Marseille gebucht und sich dort einen Leihwagen verschafft", mutmaßte Leroux. „Ich kann doch jetzt nicht tagelang alle Flughäfen abtelefonieren. Was wäre, wenn er Bezier angeflogen hätte?" „Haben wir keinen Auszubildenden, der für uns die Telefonliste abarbeiten kann?", fragte Leroux. Catherine sah ihren Chef an. „Der gardien de la paix stagiaire[18] hat heute Theorie. Wenn wir ihm das Telefonieren überlassen wollen, müssen wir bis morgen warten." „Aber vielleicht könnten Sie die Abflugpläne des Flughafens herausfinden." Es stellte sich heraus, dass der einzige Direktflug von Montpellier nach Limoges um 6.35 Uhr morgens ging. „Dann müssen wir Montpellier ausschließen." „Aber theoretisch könnte er auch am nächsten Morgen geflogen sein", sagte Catherine. „Theoretisch? Ja!", ergänzte Joseph Leroux ihre Überlegungen.

Der letzte Zug fuhr um 21.33 Uhr. Nach 22.00 Uhr könnte Bouchon allenfalls mit dem Fernbus nach Limoges oder auch nach Paris gelangt sein. „Glauben Sie, ein Mann wie Bouchon steigt nachts in einen Fernbus, der gerade aus Barcelona gekommen und vollgestopft ist mit transpirierenden Menschen?" Catherine rümpfte die Nase.

„Theoretisch könnte er auch ein Taxi genommen haben", sinnierte sie. „Ein Taxi? Wieso ein Taxi? Die Leiche muss irgendwie vom Tatort nach Marseillan gekommen sein!" „Vielleicht hat er jemanden dafür bezahlt, die Drecksarbeit für ihn zu übernehmen?" „Dann können wir hier lange im Nebel herumstochern", stöhnte Joseph Leroux. „Was wäre, wenn er mit seinem eigenen Fahrzeug hierhergekommen

---

[18] Entspricht in Deutschland dem Polizeimeisteranwärter (PMA).

wäre? Noch wissen wir nicht einmal, ob er überhaupt in unserem zauberhaften Languedoc war." „Frau Kollegin, wir dürfen richtige Detektivarbeit leisten, um diesen Mord aufzuklären und das könnte langwierig werden. Wir drehen schließlich keinen Krimi, wo der Täter nach spätestens neunzig Minuten gefasst sein muss." „Das wusste ich noch gar nicht", bemerkte Catherine ironisch. „Nun seien Sie nicht gleich verschnupft", lenkte Joseph ein. „Ich meine, in dem Fall müssten wir über diverse Mautbetreiber herausbekommen, ob Monsieur Bouchon die Autobahn Richtung Süden benutzt hat. Falls er Télépéage[19] in Anspruch genommen hat."

„Falls er über die A75, also über Millau, gefahren ist." „Gibt es an der Brücke eigentlich eine Überwachungskamera?" „Das finde ich gleich heraus. So viele Möglichkeiten." Schon nach wenigen Sekunden jubelte Catherine kurz auf, hielt sich aber sofort erschrocken die Hand vor den Mund. „Pardon! Ich weiß, das schickt sich als Lieutenant nicht. Aber auf dem Viaduc de Millau gibt es eine optische Rund-um-die-Uhr-Überwachung. Darüber müsste man ihn kriegen." „Hallo, junge Dame! Seien Sie nicht zu vorschnell." „Gut, ich werde mich jetzt um die Telefonnummer von Olivier Bouchon kümmern." Prompt fand Rozier einen Eintrag der Firma Ventocell Environnement SARL in Limoges.

5

„Ich kann Sie leider nicht mit Monsieur Bouchon verbinden", flötete seine Sekretärin, deren Namen Catherine nicht ganz genau verstanden hatte. Geraldine Abdelfatah vielleicht? Sie hatte zu schnell gesprochen. „Monsieur Bouchon befindet sich auf einer Dienstreise und wird frü-

---

[19] Elektronischer Mautdienst.

hestens am Freitag erwartet.“ „Seit wann ist er unterwegs“, fragte Catherine. „Oh, Monsieur Bouchon ist schon seit dem letzten Freitag außer Haus tätig.“
Catherine zwinkerte Leroux über den Schreibtisch hinweg zu und hob den Daumen. „Er ist bestimmt Richtung Narbonne gefahren“, behauptete Catherine forsch. „Wie kommen Sie darauf? Nein, soweit ich weiß, besucht er Lamalou-les Bains und andere Städte in der Gegend.“ „Balaruc-les-Bains auch?“, fragte Catherine. „Ja, das kann sein“, antwortete Madame Abdelfatah ausweichend. „Wie sieht es mit Cap d’Agde aus?“ „Dazu kann ich Ihnen ebenfalls keine Auskunft geben“, erwiderte die Sekretärin spitz. „Wollen Sie mich hinter dem Rücken meines Chefs ausfragen?“ Catherine ignorierte diese Frage, notierte nebenbei in Windeseile die Namen der genannten Städte und hakte nach: „Können wir Monsieur Bouchon mobil erreichen? Es ist dringend.“ Catherine legte ihren ganzen Charme in ihre Frage. Madame Geraldine Abdelfatah hatte sich jedoch gefangen und raspelte nun ihre Absage honigsüß ins Netz: „Tut mir sehr leid, aber seine Mobilnummer darf ich keinem Außenstehenden bekannt geben.“ „Bitte richten Sie Monsieur Bouchon aus, dass wir von der Gendarmerie Nationale ihn dringend sprechen müssen.“ „Das werde ich selbstverständlich weitergeben“, flötete Madame Abdelfatah zurück.

„Notfalls müssen wir nach Limoges“, prophezeite Catherine, als sie das Gespräch beendet hatte. „Oder nach Eymoutiers“, bestätigte Joseph Leroux. „Falls sich der Verdacht erhärtet, dass Olivier Bouchon etwas mit dem Mord zu tun hat.“
„Wussten Sie, dass die Bezeichnung ‚Limousine‘ von der Region Limousin abgeleitet wird?“, fragte Catherine.

Joseph Leroux schüttelte den Kopf. „Ich hoffe, ich nerve
Sie nicht mit meinem Faible für alte Namen und ihre Her-
kunft." „Nein! Wieso? Ich finde es sehr unterhaltsam und
es erweitert meinen Horizont", schmunzelte Leroux. „Bitte, fahren Sie mit Ihrer Belehrung fort."
„Früher haben die Fuhrleute am Rand des Zentralmassivs
wasser- und windabweisende Umhänge getragen. Die Gegend um die Hauptstadt Limoges bezeichnete man als Limousin. Später hat man auch Fahrzeuge mit regendichten
Dächern Limousinen genannt." „Ich bin beeindruckt", sagte Leroux. „Und schon bin ich wieder schlauer. Ich glaube,
wir sollten diesen Fall ‚Nachsitzen für Capitaine Leroux'
nennen, was meinen Sie?" „Wenn ich beim nächsten Mal
den Mund halten soll, müssen Sie mir das nur sagen", bemerkte Catherine ein wenig beleidigt. „Frieden!" rief
Joseph Leroux.

6

Beatrice spazierte mit ihrem Einkaufswagen gerade an den
Regalen des Supermarktes in Pézenas vorbei, als ihr plötzlich eine vage Idee durch den Kopf schoss. Sie beeilte sich,
die Vorräte an Toilettenpapier, Spülmittel und Putzlappen
aufzufüllen. Danach fuhr sie zügig nach Hause. Sebastian
hatte bereits die Pferde gefüttert, eine Notiz auf dem Küchentisch besagte, dass Mariella Heike Hartung beim Joggen begleitete. Also gönnte sie sich eine Pause und setzte
sich in eine geschützte Ecke des großen Balkons. Sie hörte
die Enten am Teich schnattern und sinnierte. Während sie
die Stille und die liebliche Aprilsonne genoss, versuchte sie,
ihrer ursprünglichen Idee nachzuspüren.
Die tote Frau geisterte in ihrem Kopf herum. Sehr sympa-
thisch war sie ihr nicht gewesen. Warum? Beatrice konnte
es nicht genau sagen. Sie hatte schon lange keine Frau

mehr mit solch einer bissigen Aura erlebt. Einer Aura mit Stacheln? Mit Zacken? Im Nachhinein erinnerte sich Beatrice an eine unterschwellige Aggressivität, die von Meyer-Chevallier ausgegangen war. Brunhilde Schlüter hatte erzählt, dass die Tote in der Politik unterwegs sei.

Vielleicht konnte sie in der Mediathek einen Beitrag über sie finden? Sofort sprang Beatrice auf, eilte in ihr Wohnzimmer und schaltete den Fernseher ein. Dank einer Sat-Schüssel konnten sie auch die deutschen Programme empfangen. Sie zappte durch alle Mediathek-Angebote. Zufällig stieß sie auf ein Interview mit Annegret Meyer-Chevallier. ‚Die Zukunft von vertikalen Windkraftanlagen‘. Aufgeregt rief sie das Programm auf. Sie verstand nicht viel von den technischen Details und Argumenten, die Annegret Meyer-Chevallier gegen herkömmliche Windräder ins Feld führte. Aber sie sah eine Frau mit Durchsetzungskraft und dem unbedingten Willen zu siegen. Nachdem Beatrice den Bericht zu Ende geschaut hatte, rief sie Leroux an.

„Capitaine Leroux, ich habe etwas für Sie und Ihre Kollegin. Wenn Sie einen Besuch auf La Lumière mit etwas Dienstlichem verbinden können, sagen Sie mir bitte Bescheid.“ „Um was geht es denn?“, erkundigte sich Leroux. „Ich habe in der deutschen Mediathek die Aufzeichnung eines Interviews mit unserem Mordopfer gefunden. Natürlich übersetze ich gerne“, fügte sie hinzu. „Schön, dass Sie mitdenken, Madame Pelzer. Ich sage sofort Bescheid, wenn wir eine freie Minute haben.“

7

„Wir sollten uns das Handy der Toten vornehmen“, schlug Joseph Leroux vor. „Es müssten sich irgendwelche Anhaltspunkte finden, mit wem Madame Meyer-Chevallier zuletzt gesprochen hat.“ Sie beugten sich über das Mobiltelefon und riefen den Punkt ‚Telefon – Protokolle' auf. Es waren reichlich Anrufe und einige schriftliche Nachrichten verzeichnet. „Sie hatte auch WhatsApp eingerichtet. Vielleicht werden wir dort fündig", sagte Catherine. Joseph Leroux wunderte sich über die vielen digitalen Spuren, die jemand auf seinem Mobiltelefon hinterlassen konnte. „Hier! Sehen Sie!", rief Catherine aus. „Offensichtlich hat Madame Meyer-Chevallier sämtliche Chats gelöscht. Alle Inhalte geleert. Vielleicht war sie als Politikerin doch vorsichtiger als andere Menschen." „Woher wollen Sie wissen, dass Meyer-Chevallier es selbst gemacht hat und nicht jemand anderes?", fragte Leroux kopfschüttelnd. „Ich glaube nicht, dass der Täter seelenruhig alle Chats von WhatsApp gelöscht hat, das muss man einzeln machen. Bei der Fülle ihrer Adressen könnte das Stunden dauern. Es wäre natürlich aufschlussreich gewesen", seufzte sie. „Aber immerhin können wir ihre Anrufe zurückverfolgen", ergänzte Catherine.

Ein paarmal hatte sie mit ihrem Exmann gesprochen. Mit Brunhilde-Schlüter hatte sie mehrmals telefoniert, ihr Profilfoto war neben der Mobilnummer sichtbar. Neben einer spanischen Telefonnummer stand der Eintrag ‚Vortex Bladeless'. „Haben Sie schon einmal von dieser Firma gehört?", fragte Leroux. „Habe ich. Es handelt sich um eine Start-up-Firma, die eine Windkraftanlage plant, die ohne Rotorblätter auskommt", antwortete Catherine. „Warum ohne Rotorblätter?", Leroux war neugierig. „Dadurch wollen sie vermeiden, dass so viele Vögel geschreddert werden", klärte Rozier auf. „Sie drücken sich aber brutal aus", meinte Leroux. „Das ist auch brutal!", erklärte Rozier. „Gut. Sehen wir weiter. Hier steht eine Nummer ohne Namen, ohne Bild. Die sollten wir prüfen", stellte Leroux fest.

„Ja, ich notiere es auf unserer Erledigungsliste. Lassen Sie uns zunächst weiter sehen."

Bei einer Telefonnummer aus Marseille stand ‚Fos-sur-Mer‘, bei einer weiteren Nummer fehlte der Texteintrag. Hier fanden sie schnell heraus, dass sie zu einer Windanlage in Gruissau gehörte. Ein Blick ins Internet und sie wussten, dass auch Fos-sur-Mer etwas mit Wind zu tun hatte. „Madame Meyer scheint sich ziemlich intensiv in diese Sache mit den Windrädern gekniet zu haben. Eine stürmische Dame also", witzelte Leroux.

Laut Liste hatte sie vor fünf Tagen auch mit Olivier Bouchon gesprochen. Das Bild neben der Nummer zeigte einen jüngeren Mann mit Dreitagebart. Auf dem Kopf hatte er keine Haare. Er schaute direkt in die Kamera. „Können wir das Bild ausdrucken?", fragte Joseph Leroux. „Das wird machbar sein", sagte Rozier. „Wir brauchen ein passendes USB-Kabel und einen Farbdrucker. Erledige ich im Anschluss." Madame Meyer-Chevallier schien zudem ihre Maman in den letzten Wochen nur zweimal kontaktiert zu haben. Der Festnetznummer nach zu urteilen, musste sie ebenfalls in Bochum wohnen.

„Ich rufe die unbekannte Nummer an." Catherine Rozier griff zum Telefonhörer. Der Ruf ging ins Leere, niemand hob ab. Mehrmaliges Wiederholen brachte nichts. „Ein Prepaid-Handy, das jemand nach Gebrauch entsorgt hat?", orakelte Catherine. „Lassen Sie uns nach Marseillan fahren und das Haus von Chevallier in Augenschein nehmen", schlug Leroux vor. „Hier kommen wir im Augenblick nicht weiter." „Wird das Haus uns etwas über seine letzte Bewohnerin erzählen, was meinen Sie?" „Mal schauen, ob es mit uns spricht."

Leroux mochte die Spitzfindigkeiten seiner neuen Kollegin. Sie hatte heute ihre langen blonden Haare zu einem Pferdeschwanz gebunden, was sie noch jünger erscheinen ließ. Ihre hellblauen Augen schauten interessiert in die Welt. Nur manchmal beobachtete Joseph Leroux, wie sie sich plötzlich in ihr Innerstes zurückzog und ratlos drein blickte. In solchen Augenblicken fiel ihm das erste Kapitel ‚Wege aus der Lauernuss‘ von Bruno-Paul deRoeck wieder ein. Ein kleiner Junge will der feindlichen Außenwelt entfliehen und verbarrikadiert sich innerlich in einer Art Walnuss. Er bohrt zwei Löcher in die Schale, durch die wirft er von Zeit zu Zeit einen schnellen Blick nach draußen. Droht Gefahr, zieht er sich sofort wieder zurück in die Nuss. Er lauert, bis er wieder herausschauen mag. Von ihm selbst bekommt niemand etwas mit. Bei Catherine dauerte es zum Glück nicht lange, bis sie wieder aus ihrer Nussschale auftauchte.

Leroux ging davon aus, dass sie sich in ihrer Freizeit gerne in der Natur aufhielt, davon zeugte ihr sanft gebräunter Teint. Die Dienstuniform unterstrich ihre schmale Figur und das reizte einige männliche Kollegen, ihr im Vorbeigehen eindeutige Angebote zu machen. Diese Gewohnheit gaben sie allerdings recht schnell wieder auf, nachdem Catherine scharfzüngig darauf reagiert hatte. „Ich glaub, die kann Karate“, raunte einer.

„Es ist einen Versuch wert“, nahm Leroux seine Unterhaltung wieder auf, als sie in das Dienstfahrzeug stiegen. „Wir sollten allerdings im Anschluss die Spurensicherung informieren. Und keine Hinweise zerstören.“ „Ja, wir werden durch das Haus schweben und jeden Gegenstand mit Samthandschuhen anfassen“, ergänzte Catherine. Sie parkten den Dienstwagen in der Rue des Chantiers und gingen ein paar Meter zu Fuß.

Kaum hatten sie die Haustür geöffnet, hörten sie ein wütendes Brummen und dazwischen ein leichtes Ploppen und Ticken. In der offenen Küche im oberen Stockwerk scheiterte eine entkräftete Hummel bei ihrem Versuch in die Freiheit zu gelangen immer wieder an einer Fensterscheibe. Die Luft roch abgestanden. „Meinen Sie, ich könnte das Fenster ein wenig öffnen?", fragte Catherine. „Klar, Sie haben die Handschuhe schon übergestreift." Über die Füße hatten sie Plastiküberzieher gezogen. Catherine zog an dem Griff des Fensters, das sich mittig in der linken Wand befand. Nach einigen Versuchen fand die Hummel den richtigen Weg nach draußen.

Um das Fenster herum waren mattgraue Schränke mit silbernen Griffen gruppiert. Gegenüber präsentierte sich ein Funktionsblock in L-Form aus handgefertigten Terrakottafliesen. Alle wichtigen Küchenhelfer waren hier untergebracht, ein Gasofen, eine Spülmaschine, ein separater Herd zum Backen. „Die Hausfrau kocht, der Mann schaut ihr beim Arbeiten zu und trinkt seinen Aperitif. Das ist genial angeordnet, finden Sie nicht?", stänkerte Rozier. „Wer sagt, dass es nicht genau andersherum ist?", widersprach Leroux.

An der äußeren Seite, zum Wohnzimmer weisend, befanden sich in den Verputz eingelassene Tonröhren, die als Lagerplatz für Wein, Tonic und diverse Spirituosen benutzt wurden. Über dem Küchenblock schwebte eine Dunstabzugshaube. An ihrer Verlängerung lungerten diverse Schaumlöffel, Schneebesen, Pfannenheber und anderes Küchengerät herum. In dem winzigen Abtropfbecken standen zwei bauchige Rotweingläser. „Auf die werden sich die Leute von der Spurensicherung stürzen", sagte Leroux, als Catherine ihn fragend ansah. Bis auf die Rotweingläser schien in der Küche alles sauber geblieben zu sein. Direkt hinter dem Küchenblock führte eine, nur durch einen Handlauf gesicherte Treppe nach unten. „Ich wette, über diese Stufen erreichen wir den Garten", sagte Leroux.

Das offene Wohnzimmer gab einen Blick auf den prachtvoll blau und grün schimmernden Étang du Thau frei. Auf ihm zogen etliche Surfer rasant gleitend ihre Bahnen. Ein vorgelagerter Balkon wirkte ohne Pflanzen kühl und abweisend. Das Zimmer selbst wurde von einem riesigen Flachbildschirm dominiert. „Auf einem solchen Gerät den Herrn der Ringe zu sehen, das wäre schon phänomenal", murmelte Leroux. „Oder einen Film über Schottland", ergänzte Catherine, die seine Worte sehr wohl gehört hatte. Ein niedriger Couchtisch aus Glas stand vor einer weißen Ledercouch, ein riesiger, grauer Berber-Teppich verschluckte die Trittgeräusche. „Ich wusste gar nicht, dass man beim Theater so viel Geld verdient", staunte Joseph Leroux. „Wieso? Ein Haus oder ein dicker Batzen Geld kann auch vererbt werden", meinte Catherine ernst.

Auf dem Tisch lagen allerlei Papiere. „Schauen Sie einmal. Den Arbeitseifer der Frau Meyer-Chevallier kann man ja kaum toppen. Die hat sich geschäftliche Unterlagen mit in den Urlaub genommen", wunderte sich Leroux. Er wandte sich an Catherine Rozier. „Verstehen Sie so viel Deutsch, dass Sie eine Ahnung haben, wovon die handeln?"

Rozier warf einen Blick auf die ordentlich in Heftern abgelegten Papiere. „Es sieht so aus, als handele es sich hier um Verträge. Kooperationen. Moment, ich glaube, ‚Vertragspartner' heißt so viel wie partenaires contractuels. Soweit ich das überblicken kann, geht es in allen Unterlagen um ‚Windräder', also um éoliennes. Ah, hier! Sehen Sie! Ein längeres Schreiben der Firma Ventocell Environnement SARL, Limoges. Das ist die Firma von Olivier Bouchon, wer hätte das gedacht. Und daran angehängt auch so etwas wie ein Vertrag. Der scheint es der Frau Meyer-Chevallier besonders angetan zu haben, sie hat ihn mit lauter Anmerkungen versehen." Sie zeigte Leroux die Seiten, die vor Unterstreichungen strotzten.

„Hier steht ‚Schweinerei' mit drei Ausrufezeichen, ich glaube, das heißt bei uns ‚cochonnerie'. Interessant. Aber das lasse ich von der Übersetzungsabteilung in Montpellier prüfen, damit wir genau wissen, ob da etwas von Bedeutung drin steht." Danach wandten sie sich wieder nach links.

Hinter der Steintreppe wurde die Wand von einem hellen Bücherregal eingenommen. Bis unter die Decke standen oder lagen Bücher in den einzelnen Fächern. Hauptsächlich handelte es sich um Bühnenstücke, Opernliteratur. In mehreren Fächern fanden sie Libretti, Partituren, Sängerbiografien. Aber auch Bücher über die Kunst des Impressionismus, Kubismus, Neo-Dadaismus und über Kunstgeschichte füllten das Regal. Ein kleineres Fach war Romanen vorbehalten. „Schau einer an! Das berühmte Trio fehlt nicht!", rief Leroux aus. „Von welchem Trio reden sie?", wollte Catherine wissen. „Jean-Paul Sartre, Albert Camus und Simone de Beauvoir. Die drei waren schon im Leben unzertrennlich, hier hocken sie vereint im Regal." Er fand aber auch fünf Bände von Andrea Camilleri, den er selbst gerne las. Jedenfalls gab es weder amerikanische noch englische Thriller. In einem nicht ganz buchverfüllten Fach blinkte ihnen eine schicke, rotgoldene Schreibkladde entgegen. „Das stammt von einer Frau, da gehe ich jede Wette ein", behauptete Lieutenant Rozier, als Leroux ihr das Buch mit seinen behandschuhten Händen entgegenhielt. Catherine hatte so eines schon einmal in einem exklusiven Schreibwarengeschäft in Sète gesehen und war damals lange um den Ständer mit den verschiedenen Sorten herumge-

76

schlichen. „Diese kleinen, feinen Dinger kosten richtig Geld", fügte sie hinzu. In dem Geschäft hatte sie sich nicht zwischen einer Din-A-5-Version oder einer schlankeren, schmaleren Variante entscheiden können. Das verwendete Papier der Innenseiten fühlte sich glatt und seidig an. Es wäre eine Freude gewesen, in diesem Buch zu schreiben. Aber sie hatte die Ausgabe von zweiundzwanzig Euro für ein Tagebuch gescheut. ‚Vielleicht könnte ich es mir zum Geburtstag von meinen Eltern wünschen‘, hatte sie überlegt und es dann doch wieder vergessen.

„Schauen wir einmal, was Madame Meyer diesem Kleinod anvertraut hat." Sie fanden eine Art Gedankenstütze in Buchform vor. Auf einigen Seiten standen Internetadressen, auf anderen Gesprächsnotizen.

Für Montag, den elften April stand dick umrahmt:

10.00 Uhr – Monsieur Klabund, Gruissau.

Darunter befand sich ein weiteres, umrahmtes Kästchen.

12. April – 14.40 Uhr ab Marseille, Ankunft 16.30 Madrid, Hotel Vincci Soho, Centro Madrid; 13.4. – 11.00 Uhr / Umberto Yaniz, Taxi Aeropuerto +34 666 55 78 56

„Sieht so aus, als hätte sie einiges vorgehabt", kommentierte Capitaine Leroux die Aufzeichnungen. Er konfiszierte das Büchlein, steckte es aber vorsichtig in eine Plastikhülle. Unterdessen war Catherine in das Schlafzimmer gegangen. Sie hatte es nur durch einen Zufall entdeckt. Catherine, immer für haptische Reize empfänglich, war mit der Hand über ein fast dreidimensionales Foto gestrichen und dabei auf einen Türgriff gestoßen. Eine Tür, gänzlich mit einer riesigen Fototapete in Steinoptik beklebt, führte ins Reich der Träume. „Olala!" Catherine konnte sich ein „Tststst" nicht verkneifen. Das ausladende Doppelbett ließ tief blicken. Die mit silberner Satin-Bettwäsche bezogenen Decken waren zerwühlt, die Kopfkissen lagen zerknautscht herum. „Man hat uns ja allseits bescheinigt, dass Madame Meyer kein Kind von Traurigkeit war", sagte Leroux süffisant. „Ach ja? Aber wenn Männer sich kräftig amüsieren, verliert kein Mensch darüber ein Sterbenswort", mokierte sich Catherine. Leroux überging ihren Einwand. „Schauen Sie einmal, was ich hier gefunden habe." Joseph Leroux krabbelte unter dem Bett hervor. Naja, nicht ganz, aber er hatte sich auf alle Viere begeben und hielt ein zerknittertes, hellgraues Leinentaschentuch hoch, das mit feinem Saharastaub überzogen war. „Wer hat heute noch Leinentaschentücher?", wunderten sich beide. „Es sieht unbenutzt aus", warf Catherine ein. „Das schon. Jemandem aus der Tasche gerutscht?" Leroux faltete es vorsichtig auseinander. „Hier stehen sogar Initialen drin. G.S." „Ob es erst vor kurzer Zeit hier hingeraten ist oder schon länger einsam unter dem Bett lag?" „Auch das nehmen wir vorsichtshalber schon einmal mit und lassen es untersuchen. Vielleicht gibt es DNA-Spuren."

„Jetzt sollten wir uns aber unbedingt den Garten ansehen", schlug Catherine Rozier vor. Sie gingen die gewundene Treppe nach unten. Wie üblich, bestand das Erdgeschoß auf der einen Seite aus einer Garage. Hier stand jedoch kein Auto. Auf der anderen Seite waren fein säuberlich allerlei Gartengeräte an der Wand aufgehängt, davor lagerten Liegestühle, ein Sonnenschirm und eine Wäschespinne. Ein großer Kessel gehörte offensichtlich zur Heizungsanlage. Eine Tür mit umgedrehtem Schlüssel führte tatsächlich in einen innenliegenden Garten, der durch Hecken in mehrere Parzellen aufgeteilt schien. Alle umliegenden Häuser machten einen verriegelten Eindruck. „Bestimmt kommen die Bewohner erst im Juli", vermutete Joseph Leroux. Mehr konnten sie im Augenblick nicht entdecken. „Ich

rufe jetzt die Spurensicherung an. Hier machen wir
morgen weiter!"

8

„Wir könnten auf dem Rückweg noch bei den Pelzers vor-
beischauen", schlug Joseph Leroux vor, als sie gerade in den
Wagen einstiegen. „Erwarten sie uns denn?", fragte Catherine Rozier. „Ich rufe Beatrice an." „Oh! Sie sind bereits per
Du?" Catherine warf ihrem attraktiven Chef einen prüfen-
den Blick zu. „Ach Sie! Natürlich nicht. Ich war nur ein
bisschen mundfaul." Die Pelzers waren mit einem Besuch
einverstanden. Beatrice versprach, die Sendung mit dem
Interview von Frau Meyer-Chevallier aus der Mediathek
aufzurufen, so dass sie keine unnötige Zeit verlieren würden.

Mariella begrüßte Leroux am Parkplatz und stieß ihn mit
ihrer nassen Schnauze an. „Leckerchen! Sofort!" hieß das.
„Ist ja gut", sagte Joseph und zog einen Wurstzipfel aus der
Tasche. Mariella bedankte sich bei ihm mit einem J'adore[20]-
Hundeblick. Sie vertilgte das würzige Häppchen mit einem
Happs und trottete danach artig hinter den beiden her, als
diese zur Rezeption eilten. Beatrice begrüßte die beiden
und bat sie in ihr Wohnzimmer im ersten Obergeschoss.
Auf dem Display des Fernsehers flackerte schon das Stand-
bild einer beliebten Talkshow, die Freitagabends im deut-
schen Fernsehen gezeigt wurde.

„Wir können gleich anfangen." Sie zeigte ihren Gästen die
Sessel, auf denen sie es sich bequem machen konnten, verteilte eine große Wasserflasche und Gläser auf zwei Beistell-
tische und drückte den Startknopf der Fernbedienung. Sie
sahen Annegret Meyer-Chevallier in einem knallroten Kos-
tüm zur Rechten der Moderatorin sitzen. Selbstbewusst

---

[20] „Ich liebe Dich".

blickte sie in die Runde, und man sah ihr an, dass sie sich auf dem Präsentierteller wohl fühlte. Die smarte Moderatorin, Anfang fünfzig, stellte die Staatssekretärin des Umweltministeriums vor. „Seitdem sie so dünn geworden ist, scheinen ihre Proportionen verrutscht zu sein. Finden Sie nicht auch, dass der Kopf im Vergleich zum Körper viel zu groß wirkt?", lästerte Beatrice Pelzer. „Ich halte es wie Meryl Streep. Die sagte neulich, dass das Leben viel zu kostbar sei, um es mit Diäten zu vergeuden", erwiderte Catherine und lächelte Madame Pelzer verschwörerisch an. „Na, Sie haben doch keine Probleme mit der Figur! Egal, jetzt ist SIE dran", raunte Beatrice ihr zu.

„Erneuerbare Energie muss absolute Priorität bei der Stromerzeugung haben", leitete Annegret Meyer-Chevallier das Gespräch ein. „Aber wir dürfen den Vogelschutz dabei nicht vernachlässigen." Sie machte eine Kunstpause, schaute direkt in die Kamera und fuhr fort. „Bis Mai 2016 sind hundertvierundzwanzig Seeadler, fast vierhundert Mäusebussarde und über dreihundert Rotmilane von den Rotorblättern herkömmlicher Windräder zerfetzt worden, ganz zu schweigen von mehreren tausend Fledermäusen. Das ist Mord!" „Einen Augenblick", unterbrach die Moderatorin. „Woher stammen diese Zahlen?" „Das kann man im Detail in den Statistiken des Landesamtes für Umweltschutz Brandenburg nachlesen", erwiderte Meyer-Chevallier belehrend. Beatrice übersetzte simultan. Catherine stellte fest, dass die Frau ihr wider Willen sympathischer wurde. „Welche Alternativen schlagen Sie vor?", fragte die Moderatorin. „Wir müssen mehr in die Forschung investieren", antwortete Meyer-Chevallier prompt. „Sehen Sie, in Spanien gibt es bereits eine Firma, die eine Windkraftanlage ohne Rotorblätter entwickelt. Die nutzen die Kraft der Verwirbelungen aus, arbeiten nahezu geräuschlos; dabei sind die

Wartungskosten wahrscheinlich viel geringer als bei gewöhnlichen Windrädern: Der Motor befindet sich nämlich unten im Turm."

Neben der Politikerin saß ein in Deutschland bekannter Kabarettist mit Mütze, der sich kaum noch bremsen konnte. „Frau Meyer-Chevallier, dann bauen Sie uns doch so eine Anlage!" Meyer-Chevallier lächelte mitleidig. „So einfach geht das nicht! Wir brauchen den politischen Willen. Der muss parteiübergreifend erst noch geboren werden", schnappte sie. „Aber für große Firmen ist es doch viel lukrativer, ganze Offshore-Anlagen im Meer zu bauen", warf ein junges Mädel ein. „Wer ist das?" fragte Catherine dazwischen. „Die hat einmal den Songcontest Soundso gewonnen", klärte Beatrice sie auf. „Es geht, wie immer, nur um Profit, logisch oder?", kommentierte ein klug vor sich hin grinsender Mann. Annegret Meyer-Chevallier lehnte sich in ihrem Sitz zurück und lächelte stereotyp. „Meinen Sie, dass die Politik wieder stärker auf Atomkraft setzen sollte?", provozierte die Moderatorin. „Um Himmels willen, auf keinen Fall. Denken Sie an die ganzen Störfälle von Tihange. Von Fukushima ganz zu schweigen", brauste Meyer-Chevallier auf. „Haben Sie etwa doch ein grünes Parteibuch in der Schublade versteckt?" fragte der Mützenmann. „Was fällt Ihnen ein", funkelte Frau Meyer-Chevallier ihn erbost an. „Es gibt Gerüchte, dass Sie nach der nächsten Wahl das Umweltministerium übernehmen wollen?", sagte der Kabarettist. „Sie werden verstehen, dass ich diese Frage zurzeit nicht beantworte." Sie hatte ihre Mimik unter Kontrolle, aber ihre Stimme wurde zunehmend frostiger.

„Die ist ja frech wie Oskar", bemerkte Catherine. Im Laufe der Sendung wurde ihr das Deutsche immer geläufiger.

„Könnten Sie kurz stoppen, Madame Pelzer?", bat Joseph Leroux. „Gerne", sagte diese und hielt die Wiedergabe an. „Was heißt das ‚frech wie Oskar'?", wollte Joseph wissen. Catherine errötete. Schon wieder fühlte sie sich ertappt, aber sie wusste schon, dass Joseph Leroux nicht über sie lachen würde. „Oje, das habe ich einmal aufgeschnappt, als ich in Deutschland war. Manche behaupten, es stamme aus dem Jüdischen, dort bedeutet ossok frech. Mehr weiß ich im Augenblick nicht dazu zu sagen." „Na gut, dann können wir jetzt den Bericht weiter schauen", schlug Joseph Leroux vor.

„Wir sollten über unsere Landesgrenzen hinaus sehen, innovative Ideen prüfen. Der Knackpunkt bei allen erneuerbaren Energien ist ja deren Unstetigkeit. Mal haben wir Sturm und dann herrscht wieder überall Windstille. Es gibt utopische Ideen für ein unseren Kontinent übergreifendes Stromverbundnetz." „Und die Regierungen aller Kontinente sind sich einig, fordern keinen Wegezoll? Wovon träumen Sie, Frau Meyer-Chevallier?" Der Mützenmann schüttelte den Kopf.

Annegret Meyer-Chevallier überging seinen Kommentar. Unbeirrt dozierte sie weiter. „Mir ist neulich ein Bericht über eine nachhaltige Disco in Rotterdam in die Hände gefallen", fuhr sie fort. „Stellen Sie sich das vor: Dort sparen sie beim Strom nicht nur durch den Einsatz von LED Lampen, sie haben sogar alle Toiletten mit Wassersparknöpfen versehen, ich meine, das kostet doch nicht viel. Aber das Beste ist die Tanzfläche. Sie besteht aus mehreren Modulen, die beim Tanzen ungefähr einen Zentimeter nach unten nachgeben. Unter diesen Modulen befindet sich eine spezielle Mechanik und ein Generator, der durch die Bewegung Strom erzeugt. Ist das nicht genial? Je wilder die Leute hopsen, desto mehr Energie wird produziert. Da

kann ich doch nur fordern: Let's dance!" Wilder Applaus
der Zuschauer beendete ihren Auftritt, und sie lehnte sich
höchst zufrieden zurück.

„Sehr aufschlussreich", sagte Joseph Leroux nachdenklich.
„Wenn sich Madame Meyer so sehr gegen die übliche Pro-
duktion von Windkraft ausgesprochen hat, ob sich da jemand zu sehr bedrängt gefühlt hat?" „Man weiß nie, was
hinter den Kulissen abläuft", mutmaßte Catherine. „Wir
müssen noch mehr über sie und ihr Umfeld erfahren. Am
besten, wir reden noch einmal mit Madame Schlüter, vielleicht auch mit ihrem Mann. Madame Pelzer, könnten Sie
die Schlüters auf ein weiteres Gespräch vorbereiten?" „Das
mache ich gerne", antwortete Beatrice und verabschiedete
die beiden.

9

Als Joseph Leroux an diesem Abend endlich nach Hause
kam, schlug ihm bereits an der Haustür solch ein köstliches
Duftgemisch von Knoblauch und Gewürzen entgegen,
dass ihm das Wasser im Munde zusammenlief. „Hélène, excusez moi, es tut mir so leid, ich bin schon wieder spät.
Was gibt es Schönes zum Essen?" Er streifte Dienstjacke,
Schuhe und Schlips fast im Gehen ab und eilte ins Ess-
zimmer. Hélène hatte zwar den Tisch gedeckt, saß aber in
ihrem gemütlichen Fernsehsessel und schaute sich die
Nachrichten an. „Es gibt ein Cassolette[21] du Boulevard mit
moules und crevettes. Zum Dessert habe ich eine Crème
brûlée vorbereitet." „Ohlala", Joseph schnalzte mit der
Zunge, küsste Hélène auf den Mund und stellte sich hinter
sie. Sanft massierte er ihre Schultern und warf einen Blick
auf die von Arte präsentierten Nachrichten. „Ach du
Graus! Marie Le Pen hat schon wieder zugelegt", kommen-

---

[21] Cassolette = die Räucherpfanne.

tierte Joseph. „Der Rechtsextremismus in ganz Europa wird stärker, das ist beunruhigend“, pflichtete ihm Hélène bei. „Vielleicht gibt es einfach zu viele Menschen mit einem geistigen Vakuum“, bemerkte Joseph lakonisch. „Ich glaube, wir sollten jetzt essen, sonst versauen wir uns den Appetit.“ Hélènes heftige Wortwahl war Joseph nicht gewohnt. Sie wartete nicht lange und drückte erbarmungslos auf den roten Knopf der Fernbedienung. Jürgen Biehle und Nazan Gökdemir verschwanden in der Röhre, ein leises Piepsen ertönte, dann kehrte Stille ein.

Hélène erhob sich aus dem Sessel, ging mit raschen Schritten in die Küche und holte die Cassolette vom Herd. Sie mischte Feldsalat mit gebratenen Speckwürfeln und Schalotten noch einmal durch und stellte ihn auf den Esstisch. Der Rotwein in ihrer neuen Kristallkaraffe war ordentlich dekantiert. Mehr scherzhaft denn vorwurfsvoll bemerkte sie: „Seitdem du mit Lieutenant Rozier zusammen Coupeur de cheveux en quatre arbeitest, hältst du mich gar nicht mehr auf dem Laufenden. Was habt ihr denn in letzter Zeit herausgefunden?“ „Eifersüchtig?“, grinste Joseph. „Wenn du meinen Liebhaber kennen würdest…“, konterte Hélène. „Na, aber du hast Recht, meine Liebe. Es erleichtert ungemein, jemanden vor Ort zu haben, mit dem ich mich austauschen kann. Und da wir die wenigen Anhaltspunkte in dem neuen Mordfall zeitnah durchgegangen sind, habe ich die meistens ad acta gelegt, wenn ich nach Hause komme.“ „Verstehe, du willst mir also nicht sagen, was ihr wisst.“ Hélène machte sich einen Spaß daraus, ihren Joseph zu necken. „Eigentlich haben wir bisher keine handfeste Spur“, rechtfertigte sich Joseph. „Bisher gibt es nur einen dubiosen Exfreund aus Limoges, der mit Windkraftanlagen sein Geld verdient, einen Exmann, der in Montpellier mit einem Uhu an seiner Seite das Opernhaus zugrunde richtet und eine beste Freundin, die auf La Lumière residiert. Du musst zugeben, das ist nicht die Welt. Aber das Essen ist dir wirklich gelungen, perfekt!", lobte er.

Nachdem sie schweigend die samtige Crème brûlée verspeist hatten, fragte Hélène: „Wie geht es Marc? Hast du in letzter Zeit mit ihm gesprochen?" „Oh, gut, dass du ihn erwähnst. Er wollte uns am Wochenende zu einem Essen einladen. Hast du irgendwelche Termine?" „Am Freitagabend gibt ein deutscher Pianist ein Konzert in Séte, da würde ich gerne hingehen, ansonsten habe ich nichts vor." „Nimmst du mich vielleicht mit oder gehst du lieber mit einer deiner Freundinnen?" „Joseph Leroux! Du weißt genau, dass ich dich liebend gerne mit zu Konzerten nehmen würde, wenn du rechtzeitig zu Hause wärest." In ihren Augen blitzte der Schalk auf. „Aber normalerweise frönst du ja eher den nephrologischen denn den schönen Künsten." „Da haben wir es wieder." Joseph wollte sich ausschütten vor Lachen. „Wenn schon, dann meinst du die Nekrologie. Nephrologie hat etwas mit den Nieren zu tun und damit…" Weiter kam er nicht, denn Hélène war aufgesprungen, hatte sich von hinten angeschlichen und hielt ihm den Mund zu. „Mach du dich ruhig über mich lustig. Wenn du noch ein Wort sagst, kitzele ich durch." „Hilfe!", schrie Joseph dumpf durch ihre verschlossenen Hände und kicherte weiter. Bevor Hélène jedoch weitermachen konnte, hielt er sie fest und zog sie zu sich herab.

„Was meinst du, sollte ich Marc vorschlagen, auch Catherine einzuladen. Das wäre doch… vielleicht würden die sich gut verstehen." „Du willst sie doch nicht etwa verkuppeln?" Hélène meinte das nicht ganz ernst. Im Stillen würde sie Marc eine neue Beziehung von Herzen wünschen.

„Aber was würden Marlene und Christian dazu sagen?"
„Was sollen sie dazu schon sagen? Schließlich hat Suzanne schon lange einen neuen Partner!" „Aber glaubst du, Catherine würde das wollen? Du sagtest neulich, sie sei mit ihrem Privatleben sehr zurückhaltend." „Ich frage sie einfach. Sie kann es sich dann überlegen, Marc im Übrigen auch." „Besser wäre dann allerdings, wenn wir einladen. Wir können Marc schlecht einen weiteren Gast aufdrängen, außerdem scheint er zurzeit in Arbeit zu versinken." „Eine gute Idee. Gleich morgen früh werde ich beide fragen, ob sie am Samstag Zeit haben." „Und jetzt?" Hélène sah ihren Joseph verlangend an und knöpfte langsam sein Hemd auf. Joseph sog den seidig warmen Duft ihrer Haut ein, wühlte in ihren langen, hellbraunen Haaren und schmolz dahin. Sich gegenseitig entkleidend näherten sie sich der weichen Wohnzimmercouch, wo sie lustvoll übereinander herfielen.

1

Staatsanwalt Marc Majory starrte wütend den Bildschirm an. „Warum muss ich mich mit solch einem Mist auseinandersetzen?", fluchte er. ‚Eigentlich wäre das ein Fall für die ARJEL[22]!' Seit dem Jahr 2010 sollte diese französische Behörde das Glücksspielen im Internet regulieren. Auf den Fluren der Staatsanwaltschaft von Montpellier munkelte man, sein Vorgesetzter wolle sich profilieren. Er meinte offensichtlich, seine Behörde solle diesen Fall selbst aufklären. Vor drei Monaten war die Strafanzeige eines Geschädigten ins Haus geflattert. Albert Panthère versuchte, auf diesem Weg an den ihm zustehenden Gewinn in Höhe von fünfundsiebzigtausend Euro zu kommen. Den hatte er bei einem zweifelhaften Online-Roulette-Anbieter erspielt. Dass er sich damit selbst in die Bredouille bringen würde, war ihm wohl nicht bekannt. Und vielleicht wusste Monsieur Panthère ebenso wenig, dass auch das Finanzamt bald die Hand aufhalten würde. Er hatte zwar keine Strafe zu erwarten, wohl aber eine Zahlungsaufforderung. Belangt würde der Anbieter. Wenn man ihn denn finden würde.

Verzweifelt versuchte Marc nun herauszufinden, wer hinter Sunset Environment steckte. Die Firma verfügte über keine anerkannte Lizenz. Weder die Isle of Man, noch Malta, noch Gibraltar und auch nicht Schleswig-Holstein wurde auf der Startseite des Unternehmens als Lizenzgeber erwähnt. Nirgendwo fand er eine Information über die Auszahlungsquoten. Bis er sich in der kryptisch formulierten Online-Präsentation zu dem Punkt vorgearbeitet hatte, wo die Firma etwas über ihre verwendete Software preisgab, dauerte es lange. Über die Software ‚Cenicienta Interactive'

---

[22] Autorité de Régulation des Jeux en Ligne.

fand Marc Majory im Internet keinerlei Informationen. Seriöse Casinos setzten Software wie Playtech, Microgaming, NetEnt und Merkur ein. Diese konnten einen zertifizierten Zufallsgenerator vorweisen. Er wühlte sich durch Daten, geisterte in Internetforen herum und landete schließlich bei Informationen über Blackjack-Betrügereien. Was er nicht herausfand, waren Angaben über die Gründer und Inhaber von Sunset Environment. Bei seiner Recherche verirrte er sich auf die Homepage von Delaware. Was er dort fand, versetzte ihn in Erstaunen. „Ach!", rief er laut. „Delaware, die Unternehmenshauptstadt der Vereinigten Staaten, sieh an, sieh an." Aber auch hier fand er keinen Hinweis auf Sunset.

„Mit wem reden Sie", fragte die Kollegin Delorme. Sie wollte sich von ihm den praktischen Locher ausleihen, der sich gleich beim ersten Mal durch wahre Blätterberge fraß. Marc war so sehr in der Materie, dass er nicht gehört hatte, wie sie hereingekommen war. „Ich habe geklopft", sagte sie entschuldigend. „Schon gut. Mir raucht gerade der Kopf. So viele unbekannte Begriffe, die mir nichts sagen. Und dabei begegnet mir Delaware, da könnte ich glatt ausrasten." „Ich habe keine Ahnung, wovon Sie grade sprechen!" Madame Delorme wedelte entschuldigend mit den Armen. „Phhh!", Marc machte sich empört Luft. „In Delaware, das ist ein kleiner Bundesstaat an der Ostküste der USA, sind mehr als eine Million Unternehmen aus aller Welt registriert. Sie verschieben ihre Gewinne nach Delaware und brauchen zu Hause keine Steuern zu zahlen. Wenn das für alle Normalverdiener gelten würde, hätte man das längst abgeschafft." Die Kollegin zuckte hilflos mit den Achseln. „Sie Ärmster", bedauerte sie ihn stattdessen. „Darf ich mir bitte Ihren Locher ausleihen?" Sie durfte und verschwand so schnell wieder, wie sie gekommen war.

2

Früh um neun Uhr traf sich Joseph Leroux bereits mit Brunhilde Schlüter in Montpellier vor dem gigantischen Hôpital Lapeyronie, in dem sich die Gerichtsmedizin befand. Ohne den Capitaine hätte sich Brunhilde hoffnungslos in dem gewaltigen Gebäudekomplex verlaufen. Sie hatten sich förmlich begrüßt und gingen schweigend nebeneinander her. An dem gläsernen Empfang der Forensik füllten sie die nötigen Formulare aus. Dann schritten sie den kühlen Gang entlang, bis sie zu dem Raum kamen, in dem die Toten in Kühlkammern aufbewahrt wurden. „Sind Sie bereit?", fragte Leroux die Dame an seiner Seite. Brunhilde Schlüter wirkte gefasst und nickte kühl. Ein Assistent zog die Schublade mit dem Körper von Annegret Meyer-Chevallier heraus und schlug das weiße Tuch zurück. Wortlos sank Brunhilde in die Arme von Leroux, der hinter ihr stand, weil er so etwas schon geahnt hatte. Der Assistent brachte ein Glas Wasser für Madame Schlüter, sie war totenblass. Aber sie nickte, als Capitaine Leroux fragte, ob sie Annegret Meyer-Chevallier zweifelsfrei identifiziert habe. Diese verschwand wieder im Kühlfach. Leroux begleitete Brunhilde nach draußen, wartete, bis sie sich wieder einigermaßen gefangen hatte und fragte, ob sie den Weg alleine zurückfinde. „Mein Mann holt mich ab. Er wollte nicht mit in die Gerichtsmedizin und hat etwas in der Stadt besorgt." Joseph Leroux wunderte sich, wie schnell Brunhilde Schlüter ihr Alltagsgesicht zurückgewonnen hatte. War das Disziplin oder Gefühllosigkeit? Grübelnd fuhr er den Weg zurück nach Mèze.

Zu seiner Überraschung willigte Catherine ein, als er sie vorsichtig fragte, ob sie am Samstag Lust und Zeit für ein gemeinsames Essen habe. „Ich werde auch noch den Staatsanwalt Majory fragen", schob er hinterher. „Das finde ich gut. Vielleicht können wir dann ordentlich fachsimpeln", meinte Catherine ernst. „Vorausgesetzt, Ihre Frau ergreift dann nicht die Flucht." „Nein, im Gegenteil. Hélène hat manchmal Ideen, auf die ich selbst nicht komme." „Gut, dann freue ich mich umso mehr. Wann soll ich kommen?" „Neunzehn Uhr passt", sagte Joseph Leroux.

Marc Majory war dankbar, dass er nicht selbst in der Küche stehen musste. „Hélènes Idee?", wollte er wissen. „Biensure. Und stelle dich auf einen Überraschungsgast ein." „Deine neue Assistentin?" „Wir kennen uns einfach zu lange", sagte Joseph und ärgerte sich, dass er nicht den Mund gehalten hatte. „Ach übrigens", fiel Marc plötzlich ein. „Wir haben beide unglaubliches Glück gehabt mit diesem vermaledeiten Chip von dem Parsley. Wenn uns so etwas noch einmal passiert, halten wir den Dienstweg ein." „Ja, mein Lieber, du hast ja Recht. Aber den Rüffel dafür habe ich längst kassiert. Kein Mensch macht alle Dinge gleich beim ersten Mal richtig. Dieser Fehler wird uns so schnell nicht wieder passieren." „Richtig, aber wenn ich daran denke, dass er uns das gesamte Computersystem hätte abschießen können. Verflixt gefährlich." „Seit wann bist du so negativ drauf?" „Ich weiß auch nicht, vielleicht beschäftige ich mich einfach zu viel mit den Schattenseiten der Menschheit. Wird Zeit, dass ich wieder einmal mit meinen Kindern Urlaub mache. Aber jetzt freue ich mich auf das gemeinsame Essen am Wochenende."

3

Am Abend fuhr Joseph mit Hélène in einen Supermarkt, um für das Wochenende einzukaufen. Sie warteten entspannt mit ihrem gut gefüllten Einkaufswagen an der Kasse. Vor ihnen stand ein kräftiger Mann, der mit der Kassiererin in unbeholfenem Französisch stritt. Hélène spürte die unbändige Wut, die sich in seiner Körpermitte manifestiert hatte. „Kann ich helfen?", bot Hélène ihm an. Sie unterrichtete an ihrer Schule unter anderem auch Deutsch. Der Mann schaute sich um, starrte Hélène aus blassblauen Augen an, dann drehte er sich wortlos wieder zu der Dame an der Kasse und herrschte sie an. „Mir jetzt verkaufen dieser Stück billig oder wir lassen hier", radebrechte er auf Französisch. Unmittelbar danach blaffte er seine Frau in rüdem Ton auf Deutsch an, ruderte mit den Armen und zeigte an seine linke Seite. „Komm' jetzt hierher." Die Frau schaute zu Boden, tat so, als habe sie nichts gehört und ging mit ihrem Einkaufswagen zu der anderen Kasse. Nachdem er der Kassiererin „Behalte lavette[23]" an den Kopf geworfen hatte, drehte er ab und holte seine Frau mit energischen Schritten ein. „Wenn du das noch einmal mit mir machst, läufst du nach Hause", sagte er so laut und unbeherrscht, dass alle Umstehenden verwundert den Kopf drehten und ihn ansahen. Hélène glaubte, sich verhört zu haben. Fassungslos sah sie dem Mann hinterher. Ohne seine Frau eines weiteren Blickes zu würdigen, ging der Mann an den wartenden Menschen vorbei und steuerte auf den Parkplatz zu. Er sah nicht berauschend gut aus, ausgesprochen hässlich war er aber auch nicht. Hélène schätzte den rotblonden Mann auf Anfang vierzig. Unter einem hellgrauen Shirt spannte sich ein praller Bauch.

---

[23] Das Spültuch, der Waschlappen, aber auch: der Schlappschwanz!

Hélène und Joseph schauten einander stumm an. Hélène übersetzte ihrem Mann, was der Kerl zu seiner Frau gesagt hatte. „Die arme Frau! Sollen wir sie fragen, ob wir sie mitnehmen können?", schlug Joseph vor. „Ich würde mit solch einem Idioten keinen Zentimeter mehr fahren", empörte sich Hélène. Die Frau ließ sich nichts anmerken, bezahlte, schob den Wagen nach draußen und eilte ihrem Mann hinterher. „In welchem Jahrhundert leben wir eigentlich? Was geht in dem Kopf eines solchen Crétins vor? Fehlt bei dem ein Teil des Gehirns?" Hélène fühlte hilflose Wut in sich aufsteigen. „Aber Schatz! Rege dich nicht so auf. Es gibt überall solche Männer. Sie fürchten sich insgeheim davor, dass ihnen die Frauen auf dem Kopf herumtanzen und sie vor anderen Männern als Weichei gelten." Hélène seufzte. „Du hast Recht. Aber wenn mir ein solches Ekelpaket in die Quere kommt, fällt jede Vernunft von mir ab. Ich könnte ihn auf der Stelle verprügeln!" „Wie gut, dass du nicht in der Gendarmerie beschäftigt bist, sonst hättest du viel zu tun", kommentierte Joseph. „Und vor allem", legte er nach: „Du kannst weder den Mann ändern noch die Frau, die sich das gefallen lässt." Auf dem Weg nach Hause schwiegen sie und hingen ihren Gedanken nach.

4

Olivier Bouchon trat das Gaspedal durch. Die Geschwindigkeit versetzte ihn in einen Rausch, der annähernd mit dem eines ausgedehnten Liebesspieles vergleichbar war. Der Motor seines fast jungfräulichen BMWs X6M röhrte laut und verkündete der Welt, ach was, dem ganzen Universum, dass er, Olivier Bouchon, sich auf der Autobahn befand. ‚Hier bin ich Mensch, hier darf ich's sein‘, wäre ihm durch den Kopf gegangen, wenn er gedacht hätte. Er scheuchte mit seiner Lichthupe ein paar müde ‚Graupen‘

von der linken Fahrbahn, den CD-Player hatte er auf volle Lautstärke gedreht. Nirwana schmetterten ‚Smells like teen spirit‘, Bouchon grölte lauthals mit.

Der sündige Geruch von Tatjana schwebte noch in seiner Nase, er spürte die Hitze in seinen Lenden, erinnerte sich wohlig an ihre leidenschaftlichen Hände und fühlte sich als ganzer Mann.

Annegret kam ihm zu keiner Sekunde in den Sinn, sie gehörte der Vergangenheit an. Die letzte Auseinandersetzung mit ihr war hässlich gewesen, er wollte nicht mehr daran denken.

Seine Bargeldvorräte hatten sich in den letzten Tagen erheblich vermehrt und er freute sich auf seine neue Heimatstadt Eymoutiers. Nach anderthalb Wochen des Herumstreunens wollte er endlich wieder den Frieden seines Hauses, die Loyalität und kühle Ruhe seiner Frau Sofia spüren. Er liebte es, über der Stadt, über dem Fluss zu thronen und Kassensturz zu machen. Er würde das Geld wie immer über mehrere Tage verteilt auf diverse Konten einzahlen. Für den größten Posten müsste er sich leider doch noch einmal in eine andere Stadt begeben. Sollte er bis nach Perigeux fahren, um die Transaktion an die Jockenhöfer Bank in Hamburg durchzuführen? Er mochte dieses Bankhaus. Die Eigner fragten nicht unbedingt, woher das Geld stammte, das sich auf ihren Konten einfand. Erst neulich hatte die Geschäftsleitung zwei Mitarbeiterinnen freigestellt, die zu viel geprüft, zu viel nachgefragt hatten.

Er grinste gerade sehr breit und trat schadenfroh aufs Gaspedal, als er an diese Schnepfen dachte. Bei Tempo 150 erwischte ihn die Verkehrsüberwachungskamera, die auf dem traumschönen Viaduc von Millau installiert war.

Gisèle hatte einen schlechten Tag gehabt. Alles lief schief. Am Morgen ein Blick in den Spiegel und ihre Laune war den Bach heruntergegangen. Tiefe Ringe unter den Augen, das Weiße der Augäpfel rot verfärbt. Dann hatte der Drucker seinen Geist aufgegeben, gerade, als sie den ersten Teil ihrer Arbeit auf dem Papier sehen wollte. Nach der ersten Seite verblasste die Tinte, am Ende waren die Buchstaben gar nicht mehr sichtbar. Zu allem Überfluss regnete es in Strömen, der Himmel versteckte sich hinter einer undurchdringlich grauen Wolkenschicht. Als Camille anrief und ihren Besuch für abends absagte, war es mit ihren guten Vorsätzen vorbei.

Sie wusste, dass es albern war, aber Sätze wie ‚Keiner liebt mich‘ und ‚Ich bin total hässlich‘ kreisten in ihrem Kopf. ‚Meine Doktorarbeit wird niemals fertig!‘, dachte sie wütend. Zu weinen, kam ihr nicht in den Sinn. Sie hatte sich selbst ein Bein gestellt und war in die Falle geraten, über die sie forschen wollte. Positive Zukunft? Selbstüberschätzung als Hindernis in der Realität? Der Gedankenkreisel drehte sich immer schneller; ihr wurde schwarz vor Augen.
Zur Ablenkung ein Spielchen, oder zwei… Sie schob Aktenordner und Notizen zur Seite. Vier gewinnt in neuer Form. Am Anfang dominierten die leichten Varianten, je weiter sie kam, desto schwieriger wurde es, die Aufgaben zu lösen. Wie sollte sie 36 lila Steinchen verschwinden lassen, wenn ihr nur 24 Züge zur Verfügung standen? Manchmal vermutete sie, dass ein Zufallsgenerator so programmiert worden war, dass man erst nach dem fünfzigsten Versuch den Level gewinnen konnte. ‚Therese ist bereits im Honigkuchenhügel, warum ist sie besser als ich?‘ Fünf Spiele, erneut scheiterte sie. Sie nahm es persönlich, fühlte sich als Versagerin und stellte sich den Wecker, damit sie weiterspielen konnte, wenn das Programm ihr

neue Spielmöglichkeiten zugestand. Auch diesmal klappte es nicht; sie kaufte sich neue Leben und verdrängte es, an ihre Kreditkartenrechnung zu denken. Das Telefon schellte, sie schaute nicht einmal, ob sie die Nummer auf dem Display kannte.

Freitag

1

Kurz nach neun Uhr baten sie Beatrice Pelzer telefonisch darum, das Ehepaar Schlüter für ein weiteres Gespräch in die Rezeption zu bitten. Dann machten sich Joseph Leroux und Catherine Rozier auf den Weg zu La Lumière. „Brunhilde Schlüter ist noch unterwegs. Sie joggt und wird sich danach bestimmt erst duschen wollen", erklärte Beatrice Pelzer. Aber sie hatte Gerhard Schlüter davon überzeugt, dass er sich mit der örtlichen Gendarmerie unterhalten müsse. Er ließ nicht lange auf sich warten.

„Küss' die Hand gnädige Frau", begrüßte er Beatrice und setzte seine Worte galant in die Tat um. „Ah! Die französische Polizei. Mit wem habe ich die Ehre? Welch eine entzückende junge Dame. Gestatten, dass ich mich vorstelle? Gerhard Schlüter, Bergwerksdirektor a.D." Er schickte sich an, auch Catherine Rozier die Hand zu küssen. Die wich ihm aber geschickt aus und knurrte leise etwas zwischen den Zähnen, was nicht einmal Joseph verstand. Hatte sie ihn einen lèche-cul[24] genannt? Joseph war sich nicht sicher. „Capitaine Leroux, Lieutenant Rozier, Gendarmerie Mèze. Wir müssen uns mit Ihnen über Annegret Meyer-Chevallier unterhalten. Bitte nehmen Sie Platz." „Ah, Annegret. Solch eine fähige Person. Sie wird ein riesiges Loch in unserer politischen Szene hinterlassen." Gerhard Schlüter setzte eine betroffene Miene auf. Leroux schätzte sein Alter auf fünfundsechzig. Seine kaum faltige Haut war gut gebräunt. ‚Sonnenbank', vermutete Catherine. Seine grüngrauen Augen fixierten Leroux, ließen ihn nicht entkommen. ‚Chefgehabe', merkte sich Joseph. Volle Lippen, kein Bart, sein Haupthaar schien von Verlusten verschont geblieben. ‚Grö-

---

[24] Schleimscheißer.

ßer als eins achtzig, vollschlank, teurer Freizeitlook, helle Hose, dunkelblaues Hemd, weiche Slipper, Rolex‘, notierte Catherine in Gedanken.

„Seit wann kannten Sie Madame Meyer, Monsieur Schlüter?“, fragte Joseph Leroux. „Ach, ich kenne sie ewig. Sie war rege in der Jugendorganisation unserer Partei tätig. Schon damals fiel sie durch ihre Zielstrebigkeit auf.“ Gerhard Schlüter lächelte gönnerhaft. „Und sie war immer loyal“, betonte er ausdrücklich. „Wie meinen Sie das?“ „Sie hat nie gegen parteiinterne Prinzipien verstoßen.“ „Könnten Sie uns das ein wenig erläutern?“ „Sie hat sich immer an die Regeln gehalten, hat nie quergeschossen. Ich meine, es gibt Leute, die gehen einfach an die Presse und behaupten irgendeinen Unsinn im Namen der Partei.“ „Welche Funktion bekleiden Sie innerhalb der Partei?“, wollte Joseph wissen. Gerhard Schlüter streckte seinen Rücken durch. „Ich bin der stellvertretende Landesvorsitzende.“ Er schaute Leroux durchdringend an, als erwarte er Beifall. Dann schwenkte sein Blick auf Catherine um, die innerlich ihre Stacheln aufrichtete. „Hatte Frau Meyer-Chevallier ebenfalls eine Position in Ihrer Partei?“ „Oh, sie war lange Jahre Kreisvorsitzende, bis sie Staatssekretärin im Umweltministerium wurde.“ „Ging Ihr Interesse über das rein parteiliche hinaus?“, fragte Catherine urplötzlich. Gerhard Schlüter schaute sie belustigt an. „Finden Sie diese Frage nicht etwas zu persönlich, junge Dame?“ „Es geht hier nicht um persönliche Fragen. Wir versuchen, einen Mord aufzuklären, nicht mehr und nicht weniger.“ Catherine Roziers Blick kühlte sich hochgradig ab. „Würden Sie unsere Frage beantworten?“

Joseph Leroux ließ sich von der hochgewachsenen Statur und dem Imponiergehabe des Mannes nicht einschüchtern. „Ich habe Annegret unterstützt, wo ich nur konnte“, sagte Schlüter ausweichend. „Das beantwortet immer noch nicht unsere Frage", insistierte Leroux. „Nun, Annegret war eine sehr attraktive Frau", gab Schlüter zu. „Aber wir hatten kein intimes Verhältnis, wenn Sie das meinen. Außerdem bin ich glücklich verheiratet", fügte Schlüter hinzu. Kleine Schweißperlen bildeten sich auf seiner Stirn. Er zog ein helles Leinentaschentuch aus seiner Hosentasche und tupfte sich die Stirn trocken. „Haben Sie Frau Meyer-Chevallier in dem Haus in Marseillan besucht?", fragte Catherine. „Tut mir leid, ich wüsste nicht, wann ich das hätte machen sollen." Schlüter schaute Lieutenant Rozier unbewegt an.

„Sie haben zusammen mit Ihrer Frau und Madame Meyer Ihren Geburtstag gefeiert, ist das richtig?" Schlüter nickte. „Wie ist Madame Meyer an diesem Abend nach Hause gekommen?" „Ich habe sie vor ihrer Wohnungstür abgesetzt", sagte Schlüter. „Sie sind in betrunkenem Zustand mit dem Auto von Montmèze bis Marseillan gefahren?" Die Missbilligung stand in Joseph Leroux Gesicht geschrieben. „Ob Sie es glauben oder nicht, ich habe an meinem eigenen Geburtstag nur ein Glas Champagner getrunken, mehr nicht!" Langsam reagierte Gerhard Schlüter ungehalten. „Haben Sie Madame Meyer danach noch einmal gesehen?" „Nein, habe ich nicht." Gerhard Schlüter blickte demonstrativ auf seine Rolex. „Ich denke, das Verhör ist hiermit beendet. Falls Sie noch etwas von mir wissen wollen, lasse ich Ihnen gerne meine Visitenkarte hier." „Einen Augenblick." Capitaine Leroux stand auf und brachte seine Uniform zur Geltung. „Welches Amt auch immer Sie in Deutschland bekleiden. Hier bestimmen wir, wann ein Verhör zu Ende ist. Weiß Ihre Frau, dass Sie ein Verhältnis mit Annegret Meyer-Chevallier hatten?" Überrumpelt verlor Gerhard Schlüter für den Bruchteil einer Sekunde die

Fassung, dann polterte er los. „Ich habe Ihnen schon gesagt, dass ich rein freundschaftlich mit ihr zu tun hatte. Wie können Sie es wagen, mir so etwas zu unterstellen.“ Entschlossen stand er auf und machte einen Schritt in Richtung Tür. Dann drehte er sich noch einmal um und sagte: „Ich werde mich an Ihren Vorgesetzten wenden und mich über Ihre Art der Vernehmung beschweren. Sie hören noch von mir!“ Ohne sich zu verabschieden, riss er die Tür auf und stürmte nach draußen. „Was für ein unsympathischer Kerl“, raunte Catherine. „Haben wir noch Fragen an Madame Schlüter?“ „Ob sie etwas ahnt?“

„Wie können Sie es wagen, meinen Mann derart aufzuregen!“ Mit diesen Worten platzte Brunhilde Schlüter in das Büro. „Wie gut, dass Sie von selbst kommen“, Joseph Leroux ignorierte ihre aufgebrachte Stimmung vollkommen. „Wie würden Sie die Beziehung von Madame Meyer-Chevallier zu Ihrem Mann beschreiben?“ „Beziehung? Sie haben, Pardon hatten ein rein freundschaftliches Verhältnis. Ich sagte Ihnen bereits, dass Annegret meine beste Freundin war. Sie hätte mich niemals hintergangen.“ Sie warf den Kopf in den Nacken. Leroux fragte: „Sie haben am letzten Samstag zusammen Geburtstag gefeiert. Wussten Sie, dass Ihr Gatte Frau Meyer-Chevallier nach Hause gebracht hat?“ „Er hat es mir erzählt.“ „Und wo waren Sie zu der Zeit? Warum haben Sie die beiden nicht begleitet?“ „Warum sollte ich das? Ich vertraue meinem Mann! Außerdem bin ich bereits um elf Uhr ins Bett gegangen.“ Sie funkelte den Capitaine an. „Migräne!“, fügte sie hinzu.
„Besitzt Ihr Mann eigentlich eine Waffe?“, fragte Catherine aus einem Impuls heraus. Brunhilde Schlüter bedachte sie mit einem beißenden Blick. Catherine kam sich vor wie ein Kind, das sich ungefragt in eine Erwachsenendiskussi-

on eingemischt hatte „Mein Mann ist Politiker, der braucht keine Waffe. Zu Hause bekommt er Personenschutz vom Landeskriminalamt. Reicht Ihnen das? Wir wollen jetzt endlich in die Berge." „Ja, Sie können gehen. Ich empfehle Ihnen den Cirque de Mourèze, das ist schon sehr sehenswert." „Danke für Ihren Tipp, aber wir wollen zum Lac du Salagou", sagte sie patzig und stöckelte hinaus.

2

In diesem Augenblick stürmte Mariella ins Zimmer, rannte zu Leroux und stupste ihn mit ihrer feuchten Schnauze in die Seite. „Mariella, guter Hund. Du weißt sicher, dass sich der Cirque de Mourèze direkt neben dem Lac du Salagou befindet", spottete Joseph und kraulte ihr den weichen Kopf. „Aber ich habe heute keine Knabbereien für dich dabei." „Das ist auch besser so, sonst wird sie mir noch zu fett. Außerdem meinte der Veterinär, dass sie Arthrose gefährdet sei." Beatrice hatte neue Prospekte und Preislisten für die nächste Saison mitgebracht. „Waren Sie erfolgreich?" „Madame Pelzer, das wissen wir noch nicht. Aber wenn Sie weiterhin Augen und Ohren offen halten, wäre das ganz gut. Wir wünschen Ihnen natürlich nicht, dass sich hier Kriminelles ereignet, aber Sie wissen, dass wir manchmal nur per Zufall etwas Neues entdecken." Beatrice überlegte, ob sie etwas sagen sollte oder nicht. Schließlich rang sie sich durch. „Monsieur le Capitaine. Ich glaube nicht, dass Fernando etwas mit dem Mord zu tun hat, aber…" Sie kam sich wie eine Verräterin vor. „Fernando?" Leroux schaute sie erwartungsvoll an. „Ist Ihre Belegschaft weiter gewachsen? Ein Spanier?" Beatrice nickte. „Bernard hat ihn in Figures getroffen, ein fleißiger Arbeiter und prima Kerl. Allerdings kann er seine Finger nicht von den Frauen lassen. Und…" „Ja?" „Er scheint mit Madame

Meyer-Chevallier ein Techtelmechtel angefangen zu haben." „Ach! Und das sagen Sie uns erst jetzt." Capitaine Leroux sah sie tadelnd an. Beatrice errötete leicht. „Nun ja. Ich habe es erst später erfahren. Irgendwie, warum sollte er, das passt überhaupt nicht zu ihm. Er hätte auch gar keinen Grund gehabt." „Egal, ist er in der Nähe?" „Ich rufe ihn bzw. ich sage meinem Mann Bescheid."

Nach einigen Minuten stand Fernando vor ihnen, lächelte freundlich, wünschte allen einen guten Tag. Seine Augen blieben an Catherine hängen. Während er in gebrochenem Französisch zugab, mit Annegret Meyer-Chevallier l'amour gemacht zu haben, wandte er seinen Blick nicht von der schönen, blonden Frau ab. „Nur eines Mal", sagte er und zog bedauernd seine muskulösen Schultern hoch. „No. Wochenende frei", antwortete er auf die Frage, ob er sie danach noch einmal gesehen habe. Sein Blick klebte an Catherine. Deren Magen revoltierte. Sie entschuldigte sich und ging wütend vor die Tür. Dort rannte sie Bernard Pelzer in die Arme. „Könnten Sie Ihren Mitarbeiter vielleicht in seine Schranken weisen?", brach es ungewohnt heftig aus ihr hervor. „Hat Fernando Sie belästigt?", fragte Bernard irritiert. „Finde ich schon", sagte Catherine. „Er hat mich mit seinen Blicken fast ausgezogen." „Wie unangenehm. Ich werde ihm sagen, dass er das lassen soll. Bitte, entschuldigen Sie die Unannehmlichkeiten." Mit schnellen Schritten entfernte sich Bernard Pelzer.
„Na, dieses Interview hätten wir uns sparen können", sagte Leroux, als er sich wenig später zu Catherine gesellte. „Ab in den heimischen Hafen", versuchte Joseph seine Kollegin aufzumuntern. Er hatte ihr angeekeltes Gesicht richtig gedeutet und eilte stumm mit ihr zum Parkplatz.

Vom Büro aus versuchten sie erneut, Olivier Bouchon ans Telefon zu bekommen. Aber entweder ließ er sich verleugnen oder er hatte seine Dienstreise verlängert. Sprechen konnten sie ihn nicht. „Mir gefällt das nicht", ärgerte sich Capitaine Leroux und trommelte mit dem Bleistift auf seiner Tischplatte herum. „Wir sollten einen Aufruf an die Bevölkerung starten. Vielleicht gibt es Zeugen", schlug Catherine Rozier vor. „Das ist eine gute Idee. Haben wir ein brauchbares Foto auf ihrem Smartphone?" „Ich schaue gleich." „Würden Sie einen Text formulieren? Wir können den Aufruf auf die Region L'Hérault beschränken." „Ich mache mich gleich an die Arbeit", verkündete Lieutenant Rozier. Sie hatte von der IT-Abteilung eine Kopie aller Fotos bekommen, die auf Meyer's Handy gespeichert waren. Sie suchte eins aus, auf dem Annegret Meyer-Chevallier direkt in die Kamera schaute. Das vergrößerte sie auf DIN A5, darunter schrieb sie: *Wer hat diese Frau am Abend des 10. April in Marseillan oder am Strand von Castellas gesehen? War sie in Begleitung? Sachdienliche Hinweise bitte an die Gendarmerie in Mèze. AnsprechpartnerIn: Capitaine Leroux oder Lieutenant Rozier, Tel.: 467 35 77 134.* Sie schickte es als Anhang einer Email an alle Dienststellen im L'Hérault. Dann machte sie Feierabend.

Samstagabend

Marc freute sich, endlich einmal wieder mit seinen beiden Freunden Hélène und Joseph einen netten Abend zu verbringen. Und nach all dem Kantinenessen rieb sich auch sein Magen vor lauter Vorfreude die Wände. Wie wohl die neue Kollegin von Joseph sein würde? Während der halbstündigen Fahrt von Juvignac nach Mèze genoss er die sanfte, noch lauwarme Abendluft. Im Radio spielten sie den aktuellen Ohrwurm von Adele. Automatisch summte Marc den Refrain mit. Ob er noch ein Ticket für Barcelona ergattern könnte? Das wäre ein Lichtblick. Sich immer nur mit vermurksten Lebensläufen zu beschäftigen führte dazu, dass sein Weltbild immer schwärzer wurde. Als er durch die Tür der Leroux trat, ließ er den Stress der letzten Woche hinter sich.

„Schön, dich endlich wieder einmal zu sehen", strahlte Hélène und Joseph nahm ihn sogar in den Arm. „Du siehst ganz grau aus. Sitzt zu viel vor dem Bildschirm? Lässt du dich auf dem Tennisplatz gar nicht mehr blicken?" „Oh Mann", stöhnte Marc. „Ich klebe tatsächlich fast an meinem Bürostuhl fest. Ich schlage mich seit Wochen nur noch mit Coolfire, Black-Jack, B-win und Hasard herum. Europäisches Recht, französisches Recht, Lizenzen, Firmensitze, nachts träume ich schon davon, dass ich auf einem Roulette-Rad sitze und herumgedreht werde. Ich erzähle gerne mehr, wenn wir gegessen haben. Vorher besser nicht, sonst rege ich mich nur auf."

Catherine kam ein paar Minuten später. Sie brachte einen Strauß weißer Lilien für Hélène mit und eine Flasche Château de Calce von 2012 für Joseph. „Schön, Sie zu sehen! Kommen Sie herein", begrüßte Hélène sie. „Hat Ihnen Joseph verraten, dass weiße Lilien meine Lieblingsblumen sind?" „Nein, ich habe ihn gar nicht danach gefragt. Aber mir gefallen sie auch sehr gut", gab Catherine lächelnd zurück. Erst jetzt bemerkte sie Marc Majory, der sich mit Joseph in der Küche unterhielt. Als er zu ihr herüberblickte, verspürte sie einen winzigen Stich in der Brust. ‚Oh nein‘, stöhnte sie innerlich. ‚Ich muss hier weg.‘ Aber sie zwang sich, zu bleiben. Äußerlich ließ sie sich nichts anmerken. Marc kam zu ihr herüber. „Catherine Rozier? Marc Majory! Es freut mich, dass Sie uns Gesellschaft leisten. Ich bin ganz gespannt darauf, wem Josephs ganze Aufmerksamkeit neuerdings gebührt, wenn er Verbrecher aufspürt." „Du übertreibst", lachte Joseph, der inzwischen ein paar Flaschen Wasser aus der Vorratskammer geholt hatte. „Mir tut es gut, wenn ich alles sofort besprechen kann und dass ich einen klugen Kopf an meiner Seite habe. Das schärft die Sinne." Dann lächelte er schelmisch und fügte hinzu. „Und meinen Sprachgebrauch." „Wie, du hast jetzt auch einen scharfen Sprachgebrauch?", lachte Marc. „Das schadet ihm nicht", verteidigte sich Catherine. „In Zeiten von WhatsApp und Kurzwortsätzen müssen wir der Sprachverarmung entgegenwirken." „Richtig", pflichtete Hélène ihr bei. „In der Schule gibt es immer mehr Kinder, die keinen zusammenhängenden Satz auf die Reihe bekommen. Zum Glück gibt es Ausnahmen." Heute Morgen hatte der kleine Henry sie schon vor Stundenbeginn mit einer Scherzfrage aufgemuntert. „Coupeur de cheveux en quatre[25]", flüsterte Joseph seinem Freund Marc ins Ohr. „Sie nimmt mir die einzelnen Wörter auseinander, die ich nicht richtig einsetze, nicht wahr Mademoiselle Rozier?" Joseph wollte sie eigentlich nur ein wenig aus der Reserve locken. „Madame, wenn ich bitten darf." Catherine mochte ihren Vorgesetzten viel zu sehr, um sich ernsthaft über

---

[25] Haarspalterin oder Erbsenzählerin.

das Mademoiselle aufzuregen. „Haben Sie die beiden Schwerenöter von gestern verdaut?", fragte Joseph unvermittelt. „Die waren wirklich sehr von sich eingenommen, der eine wie der andere." Catherine musste lachen. „Aber danke, dass Sie mich fragen. Ja, ich denke, ich habe sie gestern Nacht in meinen Träumen geteert und gefedert." „So schlimm?", fragte Marc. „Jepp", antworteten Catherine und Joseph wie aus einem Munde.

„Lasst uns essen, sonst wird die Ente kalt." Hélène forderte ihre Gäste auf, an dem gedeckten Tisch Platz zu nehmen. „Mir läuft schon das Wasser im Mund zusammen", schwärmte Marc, als Joseph köstlich braun gebratene Entenstücke mit einer Granatapfel-Walnuss-Sauce, flankiert von persischem Krustenreis servierte. „Für mich bitte nur Reis mit Sauce", bat Catherine. „Mögen Sie keine Ente?", rief Hélène betroffen. „Tut mir leid, aber ich esse rein vegetarisch, einmal im Jahr Austern, wenn es hoch kommt." „Das tut mir leid. Soll ich Ihnen schnell etwas Gemüse anbraten?" „Vielen Dank, aber machen Sie sich keine Umstände. Ich nehme einfach ein bisschen mehr Reis." „Sehr genügsam", staunte Hélène „Aber vielleicht kann ich Ihnen einen Nachtisch anbieten." „Das ist sehr lieb von Ihnen, aber es ist alles in Ordnung." Eine Weile herrschte andächtige Stille, nur durchbrochen von dem zeitweiligen Klappern der Gabeln und Messer. „Hattest du nicht eben von einer Scherzfrage gesprochen?", erinnerte sich Marc plötzlich. Hélène nickte. „Wohin stellt sich der Geometrie-Lehrer, wenn es kalt ist? Was meint ihr?" Sie schaute in die Runde und sah ratlose Gesichter. „Na, in die Ecke! Da sind immer 90 Grad!" „Haha. Aber nicht schlecht. Wie alt war der Schüler?", wollte Joseph wissen. „Henry ist elf. Ein ganz aufgewecktes Bürschchen. Manchmal denke ich, er könnte weiter sein, wenn ich ihn mehr fördern könnte, aber dazu habe ich bei achtundzwanzig Schülern in einer Klasse einfach keine Zeit." „Kaffee? Espresso? Digestif?", fragte Joseph, nachdem er den Tisch abgeräumt hatte. „Wow! Ich würde sehr gerne einen Espresso trinken", meldete sich Catherine. „Wollen wir uns nicht duzen?", fragte Hélène plötzlich, nachdem sie die leeren Tassen in die Küche gebracht hatte. Sie sah ihren Mann und Marc aufmunternd an. „Von mir aus", antwortete Joseph. „Aber im Dienst werden sie sich das Maul zerreißen." „Sollen sie doch", sagte Hélène. „Für eure Zusammenarbeit könnte es ganz fruchtbar sein." Catherine war sich unsicher. „Bin ich nicht zu jung dafür, Sie zu duzen?" „Ach was! Ich heiße Joseph." „Und ich Marc." Er lächelte Catherine offen an. Mit seinen dunkelbraunen Samtaugen schaute er direkt in ihr Herz.

„Igitt!", schrie Catherine entsetzt auf und zeigte angeekelt auf die Terrassentür. Minouche hatte mit ihrer Tatze an der Glastür gekratzt. In ihrem Maul hielt sie eine zappelnde Maus. „Ziemlich unpassend", bemerkte Hélène entschuldigend und verscheuchte Minouche. „Geh' mit deiner Maus woanders hin", sagte sie zu ihrer Katze. Beleidigt zog Minouche ab. „Ernähren sich deine roten Milane und Bussarde von Haferflocken? Bei denen bist du nicht so zimperlich", stichelte Joseph. „Die sehe ich aber nicht in meinem Wohnzimmer." Catherine zeigte ihm eine lange Nase.

„Kannst du uns jetzt über die Machenschaften der illegalen Glücksspielbetreiber aufklären?", fragte Joseph. „Aber nur, wenn du vorher mein Glas auffüllst." Marc hielt ihm seinen Rotweinkelch entgegen. „Ja! Die Grenze zwischen legalen und illegalen Glücksspielen ist fließend und nicht klar geregelt. Wusstet ihr zum Beispiel, dass ein völlig legales Glücksspiel bei Facebook den Betreibern so viel Geld einbringt, dass sie jetzt 130 Millionen Dollar in Südkorea investieren, um auch dort die Spielsüchtigen abzukassieren?" „Du meinst doch nicht etwa Pucky Jam?", fragte Catherine entgeistert. „Ich denke, das ist kostenlos?" „Vordergründig ja. Aber wenn es den Spielern zu lange dauert, bis sie weiterspielen dürfen, können sie per Kreditkarte virtuelle Münzen kaufen. Damit können sie dann weiter zocken." „Und damit verdienen sie so viel Geld?", Hélène war sprachlos. „Diese Gesellschaft nimmt jährlich circa 280 Millionen Dollar ein." „Wahnsinn!", kommentierten die übrigen drei wie aus einem Munde. „Ja. Und sie lassen sich einiges einfallen, um die Spielsüchtigen bei der Stange zu halten. Es wird zum Beispiel nicht mehr der momentane Erfolg honoriert, sondern die Kontinuität. Für neue Aktionen gibt es Boni, aber der Spielverlauf wird immer komplizierter, so dass die Spieler immer mehr leisten müssen. In der Psychotherapie wird das kontinuierliche Verstärkung genannt." „Du liebes bisschen!", rief Hélène aus. „Ich glaube, wir müssten an unserer Schule so etwas wie mediale Aufklärung einführen."

Marc sonnte sich in der allgemeinen Bewunderung. „Aber was hat das mit illegalem Glücksspiel zu tun?", bohrte Joseph nach. „Ich bin der Meinung, dass sich die Betreiber in einer Grauzone bewegen. Ich suche in alle Richtungen. Beim Online-Roulette gibt es einige Möglichkeiten, die Spieler richtig abzuzocken. Ich weiß jetzt zwar, wie sie es machen, aber mir ist es bisher nicht gelungen, die richtigen Betrüger und deren Firmensitze herauszufinden." „Wirst du dich noch lange mit solchen Ermittlungen herumärgern müssen oder darfst du den Fall irgendwann weitergeben?" Erstmalig wandte sich Catherine direkt an Marc. „Gute Frage. Ich denke nicht, dass ich meine Zeit noch mehrere Wochen darauf verwende. Immerhin gibt es auch noch andere Fälle. Wie weit seid ihr eigentlich?" „Wir brauchen wieder eine Genehmigung vom Untersuchungsrichter. Kannst du das ein wenig beschleunigen?", fragte Joseph. „Worum geht es denn?" „Wir müssen abklären, ob ein gewisser Oliver Bouchon zum Tatzeitpunkt hier in der Gegend war. Wir wollen die Gesellschaften der Télépéage bitten, ihre Abrechnungen zu dem fraglichen Zeitraum auf Bouchon abzuklopfen. Die werden uns sofort etwas vom Datenschutz erzählen, also brauchen wir eine Absicherung." „Ich notiere es mir und werde es schnellstens in die Wege leiten." Marc machte sich eine Notiz auf einem kleinen Zettel und steckte ihn in seine Hosentasche. „Ansonsten habe ich keine Lust, mich heute Abend über den Fall zu echauffieren", winkte Joseph ab. „Lass uns lieber ein wenig über das Konzert von gestern Abend unterhalten. Das war phänomenal. Wenn dieser Pianist noch einmal in der Nähe ist, schleppen wir euch mit." „Uns?", Catherine schreckte zusammen. „Na, wir werden unseren Freunden so lange von diesem Mann vorschwärmen, bis sie beim nächsten Konzert alle mitkommen wollen." Joseph hoffte, die Situation damit entschärft zu haben. Er hatte schon mitbekommen, dass sich Catherine sehr zurückhaltend gegenüber Marc benahm. Marc ließ sich nichts anmerken, aber Hélène fiel auf, wie aufmerksam und charmant er sich gab.

Um halb zwölf begann Joseph als erster, verstohlen zu gähnen. „Ja, ich bin auch müde!", sagte Catherine. „Morgen werde ich einen Blick auf die Fauconnerie in Cazilhac werfen. Wenn ich es richtig verstanden habe, gibt es dort eine Organisation, die etwas mit Harris-Hawks zu tun hat. Darauf freue ich mich schon sehr. Es war übrigens ein richtig schöner Abend. Ganz herzlichen Dank für die Einladung."

Marc und Catherine verabschiedeten sich bald darauf, Marc fuhr Richtung Juvignac, Catherine ging zu Fuß zu ihrem Apartement an dem Place de L'Ancienne.

Villedieu-les-Poêles

Gisèle fühlte sich beschwingt, schenkte sich ein Glas Champagner ein. Den hatte sie sich als Erstes gegönnt. Freitag war ein Glückstag für sie gewesen. Fast fröhlich hatte sie die Bank betreten und lächelnd die nette Kassiererin am Schalter begrüßt. Andächtig hatte sie den Packen mit den Geldscheinen betrachtet, ihn sorgfältig in ihrem Portemonnaie verstaut. Sie hatte darauf geachtet, dass kein Unbekannter sie beobachtete. Dass sie für ihre Lebensversicherung erheblich weniger bekam als sie eingezahlt hatte, störte Gisèle nicht weiter. Sie würde ohnehin einen Teil des Geldes zurückgewinnen. Auf dem Weg nach Hause fiel ihr zum ersten Mal seit langem auf, wie viele Menschen sich auf den Straßen von Villedieu drängten. Flüchtig nahm sie einen Mann in ihrem Alter wahr, der ihr bekannt vorkam. Er stand drüben vor Michel's Coiffeur-Salon. Pierre? Der gehörte auch zu denen, die sie verlassen hatten. Achtlos war sie an der neuen Gießerei vorbeigegangen und hatte sich beeilt, ihre kleine Wohnung in der Rue Jacob zu erreichen.

In der Champagner-Flasche befand sich noch ein kleiner Rest, Leonard Cohen schmalzte brüchig von Suzanne, Gisèles Augen tränten. Sie mochte sich nicht vom Online-Roulette losreißen. Der Zeiger der Uhr wanderte der drei entgegen, Gisèle zockte weiter. Sie hatte mit einem Teil der Versicherungssumme ihre Kreditkarte ausgeglichen. Morgen würde sie nach Granville ins Casino fahren. Fortuna würde ihr auf die Schulter klopfen, da war sie sich sicher. Um halb vier ging sie ins Bett und starrte auf die Schatten, die vor dem Fenster tanzten.

Montag

1

Misserfolge passten nicht in seinen Lebensplan. Soeben hatte der Minister ihm butterweich erklärt, dass die Erweiterung des Windkraftwerks Pascual Freres vom Parlament immer noch nicht genehmigt worden sei. Die nächste Sitzung in dieser Angelegenheit stand erst in drei Monaten an. Olivier Bouchon schäumte vor Wut. Er hatte fest damit gerechnet, einen größeren Betrag möglichst schnell in Pascual Freres zu investieren. Noch wurden von der Europäischen Union Milliarden in die Förderung von Windkraft gepumpt. Es war nur eine Frage der Zeit, wann die Verantwortlichen wieder auf Atomkraft setzen würden. Darüber hatte er sich mit Annegret bis aufs Messer gefetzt. Sie wollte auf Biegen und Brechen die Weiterentwicklung von vertikalen Windkraftwerken vorantreiben. Er fand das überflüssig. Für ihn zählte ausschließlich, dass herkömmliche Rotoranlagen momentan stark subventioniert wurden. Gleichzeitig krähte kein Hahn danach, aus welchen Quellen das Eigenkapital stammte.

2

„So geht das nicht weiter“, schimpfte Joseph Leroux, als Geraldine Abdelfatah ihn zuckersüß vertröstete. „Wo bitte befindet sich Monsieur Bouchon? … Im Gespräch mit dem Minister persönlich? … Aha! Sagen Sie ihm, wenn er nicht innerhalb der nächsten drei Stunden zurück ruft, schicken wir ihm die Kollegen der örtlichen Gendarmerie auf den Hals. … Ja, das können Sie. A bientôt!“ Mit einem lauten Klong landete der Hörer in der Halterung. „Wie war dein Ausflug nach Cazilhac, Catherine?“ „Landschaftlich wunderschön, aber die Vereinsmitglieder bieten nur eine Ausbildung zum Falkner an. Dazu fehlt mir die Zeit. Ich hatte gedacht, ich könnte mir auch einmal eine Flugschau ansehen. Aber es war nett, mit den Leuten zu plaudern." Catherine wandte sich schnell wieder ihrer Arbeit zu. Wirkte sie bedrückt? Joseph nahm sich vor, sie nachher zu fragen.

Eine halbe Stunde später verkündete die digitale Nummernanzeige des Telefons einen Anrufer aus Limoges. „Olivier Bouchon. Was gibt es so Dringendes, dass Sie mir den ganzen Laden verrückt machen", fauchte ein übel gelaunter Mann.

„Monsieur Bouchon. Wir möchten von Ihnen lediglich wissen, wann Sie Madame Meyer-Chevallier zuletzt gesehen haben", meldete sich Capitaine Leroux. „Wir waren am vorletzten Samstag zum Mittagessen im Les Palmiers in Pézenas verabredet. Tolles Restaurant übrigens." „Wo waren Sie anschließend?" „In Balaruc-les-Bains!", antwortete Bouchon gereizt. „Und Sie sind nicht noch einmal nach Marseillan zurück gekommen?" „Ich sagte Ihnen schon, dass ich Annegret nach dem Mittagessen nicht mehr gesehen habe. Warum wollen Sie das überhaupt wissen? Ist was mit Annegret oder spionieren Sie mir nach?" „Ich wusste gar nicht, dass in Balaruc-les-Bains eine Windanlage gebaut wird", rief Leroux aus. „Hat irgendjemand behauptet, ich sei geschäftlich dort gewesen?", fragte Bouchon spitz. „Doch, ja! Man hat uns informiert, Sie seien dienstlich unterwegs." „Tut mir leid, aber das geht Sie nun einmal gar nichts an", giftete Bouchon. „Was ist jetzt mit Annegret? Sie haben mir noch nicht geantwortet." „Ihre Annegret ist tot. Wussten Sie das nicht?" Es entstand eine Pause. „Wieso ‚meine' Annegret? Unser Verhältnis ist lange vorbei. Aber warum ist sie tot? Hatte Sie einen Unfall? Einen Herzinfarkt? Klären Sie mich gefälligst auf. Ich habe keine Lust, meine Zeit mit Rätselraten zu verbringen." „Ich habe eine Frage. Monsieur Bouchon, besitzen Sie eine Waffe?" „Was soll denn das nun wieder? Wieso fragen Sie mich das? Ich bin Jäger, selbstverständlich habe ich einige Gewehre in meinem Waffenschrank, und der steht gut verschlossen in meinem Haus. War es das jetzt? Wurde Annegret erschossen?" „Frau Meyer-Chevallier wurde umgebracht, das ist korrekt. Danke für Ihre Auskünfte. Und stellen Sie sich auf weitere Nachfragen ein." Bouchon knallte den Telefonhörer auf.

Joseph Leroux begann, sich Notizen zu machen:

1. *Balaruc-les-Bains – Windkraftanlage?*
2. *Was haben die Städte gemeinsam, die Geraldine Abdelfatah genannt hat?*
3. *Frage, ob er Meyer-Chevallier nach dem Essen gesehen hat, wurde von mir gar nicht gestellt!!!*
4. *Besitzt Bouchon außer der Lizenz für Jagdgewehre noch eine für Handfeuerwaffen?*
5. *Das Les Palmiers in Pézenas anrufen, ob die sich an das Paar erinnern können!*

Er griff erneut zum Telefon, wählte die Nummer des Les Palmiers und wartete. Eine Frau mit einer angenehm tiefen Stimme meldete sich. „Einen Augenblick, ich schaue in unseren Kalender", sagte sie, nachdem Leroux gefragt hatte, ob Madame Meyer-Chevallier und Monsieur Bouchon am Samstagmittag bei ihnen gespeist hätten. Er hörte, wie die Frau in einem Buch raschelte, Seiten umschlug (Joseph stellte sie sich mit einem schwarzen Pagenschnitt vor, dunkle Augen, blutroter Lippenstift, nicht größer als eins sechzig…). „Am Freitag hat das Ehepaar Bouchon mittags einen Tisch reserviert. Am Samstag habe ich keinen Eintrag mit diesem Namen gefunden. Es kann natürlich sein, dass sie bei uns gegessen haben, ohne dass sie vorher reserviert haben, aber ob das der Fall war, kann ich Ihnen nicht beantworten." „Herzlichen Dank. Sie haben uns sehr geholfen." „Gerne", erwiderte die schwarzhaarige Dame.

„Na, da hat mir Bouchon möglicherweise etwas Falsches erzählt!" Er pfiff leise. Laut sagte Leroux: „Was haben die Städte Lamalou-les Bains und Balaruc-les-Bains gemeinsam?" Catherine schaute ihn groß an. „Keine Ahnung? Jedenfalls steht dort nirgendwo eine Windkraftanlage. Warte, ich schaue nach, ob welche geplant sind." Catherine tippte in Windeseile ihre Fragen in die Suchmaschine. „Fehlanzeige. Keine dieser Städte hat etwas Windiges an sich. Aber…" Sie dachte angestrengt nach. „Tut mir leid, ich muss passen. Sie… Pardon du stammst doch von hier. Sagen dir die Orte etwas? Gibt es ein verbindendes Element?" Joseph Leroux stand von seinem Schreibtisch auf und stellte sich ans Fenster. Viel Anregendes sah er nicht, eine breite Straße, auf der große und kleine Fahrzeuge hin und her flitzten, ein paar Oleanderbüsche, die noch nicht so richtig zu blühen begonnen hatte. Ein Dreikäsehoch hob einen Kieselstein auf und warf ihn an das Fenster, an dem Leroux stand. Dann rannte er schnell weg. Leroux rollte drohend mit den Augen und wedelte mit dem Zeigefinger. Aber der Kleine war längst über alle Berge. „Ich hab's", rief Leroux auf einmal. „In den Orten gibt es Spielcasinos. Meinst du, Bouchon zählt zu den Zockern?" „Mein Bauch sortiert ihn eher in die Schublade ‚Abzocker'." „Ob Marc etwas zu diesen Casinos weiß? Er beschäftigt sich doch gerade intensiv mit der Spielerei." „Aber nur mit Online-Abzocke", wandte Catherine ein. „Na, wer weiß, ob es nicht Verbindungen gibt!"

3

Pierre, der Gärtner auf La Lumière, war am späten Sonntagabend aus seiner Heimatstadt Gavray zurückgekommen. Seine Mutter hielt sich tapfer und lebte immer noch selbständig in ihrem kleinen Haus in der Normandie. Entsetzt ließ er sich von dem Leichenfund in Marseillan berichten. Sofort kam ihm wieder der arrogante Lackaffe in den Sinn, der im letzten Jahr hier ums Leben gekommen war. Er hatte nicht genau verstanden, wer es diesmal war, deswegen machte er sich unverzüglich an seine Arbeit. Er begutachtete die Kräuterspirale, die er im letzten Jahr in der Nähe des Restaurants angelegt hatte. Sie war prächtig gediehen. Er zupfte braune Blättchen von dem Oregano, riss ein paar Hahnenfüße aus, die sich breit machen wollten und wässerte ausgiebig den Rosmarin. Von dem neuen Basilikum, angeblich eine besonders robuste Sorte, sah er nur noch ein paar müde Blättlein. Bevor er neuen Düngekalk einbrachte, sammelte er ein paar gerippte Bänderschnecken ein und setzte sie hinter der Pferdekoppel wieder aus. Als er von dort zurückkam, roch es aus der Küche betörend nach geschmortem Hühnchen in Olivenöl mit Rosmarin und Knoblauch. Er ließ sich diesen Duft um die Nase wehen, ihm lief das Wasser im Mund zusammen. Wie bei Marcel Proust in dem Roman ‚Auf der Suche nach der verlorenen Zeit‘ weckten die verführerischen Gerüche in ihm eine Erinnerung.

In Marseillan hatte er einen furchtbaren Streit mit angehört. Während er den frisch gepflanzten Lavendel begutachtete, dachte er nach. Es musste Samstag gewesen sein. Samstags morgens schaute er regelmäßig nach dem kleinen Garten der Familie Sondheim. Er betreute ihre Parzelle in einem Innenhof in der Nähe des Hafens von Marseillan. Dort besaß auch Monsieur Chevallier ein Haus. Die Sondheims lebten nur ein paar Monate im Jahr in Marseillan, legten aber Wert auf einen ordentlich getrimmten Rasen und die Pflege ihrer üppigen Stauden. Pierre konnte das zusätzliche Geld gut brauchen. An dem besagten Morgen hatte er gerade die Jasminhecke geschnitten, als aus dem offenen Fenster des Nachbarhauses aufgebrachte Stimmen drangen. Eine Frau und ein Mann. Männliches, akzentfreies Französisch, weibliches Französisch mit deutscher Färbung. Zunächst hatte ihn der Streit nicht weiter interessiert. Das änderte sich schlagartig, als er etwas von Fledermäusen aufschnappte. Von da an verfolgte er aufmerksam das hysterische Gezänke der Frau und den abfälligen Ton des Mannes. Offensichtlich brutzelte etwas auf deren Herd, dessen vielversprechendes Aroma über dem Streit der beiden schwebte.

„Du setzt dich für diese dämlichen Fledermäuse doch nur ein, weil du Ministerin werden willst, ansonsten wären dir die Viecher scheißegal", warf der Mann ihr an den Kopf. „Und du? Du willst bei deinen blöden Windrädern nur dein Schwarzgeld verstecken. Glaubst du, ich wüsste nichts von deinen dreckigen Geschäften?" Der Mann keckerte böse. „Du! Du bist nicht nur karrieresüchtig, vom Vögeln kriegst du auch nicht die Nase voll. Meinst du, ich weiß nichts von deinen ganzen Bettgeschichten? Sogar von deiner Love-Scam[26] weiß ich." „Was fällt dir ein, in meinen Mails herumzuschnüffeln! Das geht dich einen Scheißdreck an", hatte die Frau gekreischt. Dem Klirren nach zu urteilen, schien sie ein Glas an die Wand geschmettert zu haben. Das hinterhältige Lachen des Mannes klang noch in Pierres Ohren nach. „Wie viel hast du ihm gezahlt, damit

---

[26] Bei Love-Scam handelt es sich um eine Art von Vorschussbetrug mittels einer fiktiven Liebesgeschichte per E-Mail. Betrüger bitten unter einem Vorwand um Geld, z.B. um ein Treffen realisieren zu können.

er sich ein Flugticket ‚kaufen‘ konnte, häh?“ Das Wort ‚kaufen‘ hatte sich fast ausgespuckt angehört. „Du widerlicher Kerl. Du kriegst ihn doch nur hoch, wenn du vorher ein Paket Pillen eingeschmissen hast“, hatte sie gegiftet. „Ach! Tatjana und Ludmilla und Christine sind ganz zufrieden mit mir.“ Pierre konnte sich das hinterhältige Grinsen des Mannes bildhaft vorstellen. Das „Wenn du mir blöd kommst, wirst du schon noch sehen“ der Frau, hatte Pierre nicht gehört. ‚Wie schrecklich kann eine Liebe enden‘, hatte er gedacht. Erschüttert ob des aggressiven Tons hatte er sich beeilt, die restlichen Arbeiten im Garten der Sondheims zu erledigen. Als er draußen am Hafen in seinen alten 2 CV einsteigen wollte, bemerkte er gerade noch, wie der Fahrer eines riesigen schwarzen BMWs einen Kavalierstart hinlegte. Am Steuer saß ein Mann, von dem ihm lediglich ein Bart im Gedächtnis blieb. Hatte der eine Glatze gehabt? Solch ein Fahrstil war im Languedoc jedenfalls nicht sehr verbreitet. Bei einem ausgedehnten Spaziergang an dem noch jungfräulichen Strand von Marseillan hatte sein zartes Gemüt wieder Frieden gefunden.

Langsam schlenderte Gisèle auf das Casino Royal in Granville zu. Sie ging daran vorbei, warf einen flüchtigen Blick in das Innere. Links von ihr tobten die wilden Wellen des Atlantiks, sie drehte sich um, ging wieder zurück. Die Fassade des Casinos strahlte in hellem Pink. In den gläsernen Wänden spiegelte sich das Meer. Gisèle stockte, dann stieg sie entschlossen die vier Stufen bis zum Eingang hoch. Die schwere Glastür öffnete sich automatisch, das Innere des roten Salons verschluckte sie.

„Nicht auffallen", sagte sie sich. Wie von Geisterhand geführt, stand sie plötzlich an einem blinkenden Automaten. Im Hintergrund lullte ‚Riders on the Storm' die Anwesenden in Trance. Gisèle fühlte sich wie ein Teenager beim ersten Kuss. Ganz schnell warf sie zwei Euro in den Automaten mit dem Black Jack. Kurze Zeit später spuckte der Apparat das Doppelte aus. Schnell steckte Gisèle die Silbermünzen wieder in den Schlitz. Auf der rotierenden Bühne begann eine Show mit fünf Tänzern und einer schwarzen Sängerin. Die Akteure begannen, sich langsam und lasziv zu entblättern. Gisèle konnte den Blick nicht von der Frau mit der samtig glänzenden Haut und den weichen Rundungen wenden. Doch dann riss sie sich los und verließ fluchtartig das Lokal. In ihrem Portemonnaie hatten fünfzig Euro ein neues Zuhause gefunden.

4

Als Joseph an diesem Abend nach Hause kam, fand er eine deprimierte Hélène vor. Sie saß auf der schmalen Terrasse ihres kleinen Reihenhauses und schien ins Leere zu schauen. Joseph begrüßte sie mit einem Kuss auf den Mund. „Warum so trübsinnig?", fragte er besorgt. „Ach", seufzte Hélène, „Ich bin nur ein bisschen angefressen." „Angefressen? Wieso?" „Mittagessen bei Onkel Sean", sagte sie und schaute vielsagend in den Himmel. „So fürchterlich wie immer?" Hélène nickte. „Ja, Sean rief heute in der großen Pause auf meinem Handy an und lud uns zum Mittagessen ein. Ich weiß ja, wie gerne du mitkommst, deswegen habe ich dich gar nicht erst gefragt. Als ob ich etwas anderes erwartet hätte! Es ging die ganze Zeit nur um das Thema Essen und Krankheiten. Wer hat was bei wem gegessen und wer nimmt was wofür und wogegen." Wütend knüllte Hélène ein Stück Zeitung zusammen. „Das hätte ich mir sparen sollen." Joseph legte tröstend seine Hand auf Hélènes Schulter. „Da ist eine Seifenoper im Fernsehen spannender, nicht wahr? Hat das Essen wenigstens geschmeckt?" „Das ja", sagte Hélène gedehnt. „Sean hatte ein hervorragendes Risotto mit Steinpilzen gezaubert." „Steinpilze? Um diese Jahreszeit?" „Ja! Er hat getrocknete genommen." „Nur Steinpilze?" Joseph runzelte die Stirn. „Nein, er hat noch ein paar Champignons untergejubelt. Aber jetzt habe ich mich genug beschwert. Gibt es etwas Neues?" „Nicht sehr viel", gab Joseph zu. „Wir haben endlich diesen Bouchon ans Telefon bekommen, der ist aalglatt. Vermutlich ein Spieler oder einer, der bei den Spielhallen abkassiert, wir wissen es noch nicht." „Ich habe es vergessen, wie steht er in Verbindung zu dem Mordopfer?" „Monsieur Bouchon hatte eine mehr oder weniger intensive Affäre mit Frau Meyer-Chevallier. Aber er sagt, sie wäre längst beendet." „Aha! Wäre ja gut, wenn ihr bald weiterkommt, sonst wirst du mir doch gar zu verdrießlich. Sollen wir am nächsten Wochenende etwas unternehmen? Wir könnten zum Cirque de Mourèze fahren?" Joseph lachte schallend. „Genau diesen Trip habe ich am Freitag Madame Schnippisch und ihrem Politiker-Gatten vorgeschlagen. Sie meinte, ihr Ziel sei eher der Lac du Salagu." „Und wer ist nun wieder Madame Schnippisch?", rätselte Hélène. Joseph äffte den Tonfall der Dame nach: „Mein Gatte ist Politiker, der braucht keine Waffe." „Brauchen nicht, aber besitzen könnte er trotzdem eine", sagte Hélène. „Wer könnte denn einen Grund gehabt haben, sie umzubringen?" „Eine Sexualstraftat liegt laut Docteur Letailleur nicht vor. Geraubt wurde sehr wahrscheinlich auch nichts. Also muss sie jemandem so gewaltig auf die Füße getreten sein, dass er sie aus dem Weg räumen wollte." „Könnte es auch eine Frau gewesen sein?", wollte Hélène wissen. „Unwahrscheinlich", kommentierte Joseph. „Frauen vergiften in der Regel, selten nehmen sie im Affekt ein Messer oder einen schweren Gegenstand. Und außerdem, meistens bringen Täterinnen Menschen aus ihrer Familie um. Meyer hat aber außer ihrem Exmann nur eine Tochter. Die ist irgendwo in Kanada oder Südafrika, ich hab's vergessen. Und ihre demente Mutter wird es auch nicht gewesen sein." „Soso. Familie. Soll ich die Chopinbüste besser in den Keller bringen?", scherzte Hélène. Ihre bedrückte Stimmung hatte sich in Luft aufgelöst. „Aber Schatz! Haben dich jetzt Mordgelüste heimgesucht? Lass uns hereingehen, hier draußen kommst du nur auf dumme Gedanken. Und außerdem ist heute Montag. Barnaby ruft!"

5

Marc hatte die Zeit vergessen. Vor ihm stand ein dampfender Teller Linguine mit Tintenfisch. Ihm rauchte der Kopf. Er saß mit drei seiner alten Kollegen in Marseille in der Bar ‚de la Marine‘ zusammen. Théo, etwa gleich alt wie er, war vor ein paar Wochen zum Commandant[27] ernannt worden. Er hatte kürzlich zusammen mit Lieutenant Christian Martin und Lieutenant Antoine Aurel in einem groß angelegten Betrugsfall ermittelt. Nun wollten sie herausfinden, ob es zwischen Marcs Ermittlungen und dem gigantischen Schwindel in real existierenden Spielhallen Verbindungen gab. „Wie habt ihr das herausgefunden? Das ist schier unglaublich.“ fragte Marc zwischen zwei Happen Linguine. „Wir haben die Bande schon seit Anfang letzten Jahres beobachtet“, sagte Théo. „Und wir wollten an die Hintermänner.“ „Als da wären?“ „Gemach, gemach. Es gab insgesamt 25 sogenannte Läufer. Die sind uns zuerst aufgefallen. Wir hatten immer in mindestens drei Spielhallen gleichzeitig unsere Leute platziert. Irgendwann haben wir gemerkt, dass es nach zehn Uhr abends an bestimmten Geräten gerasselt hat. Während die Gesichter der meisten anderen Spieler immer länger wurden, fielen diese Männer dadurch auf, dass sie sich nichts, rein gar nichts anmerken ließen, obwohl sie pausenlos Geld aus den Automaten herausholten.“ „Das hätte Zufall sein können“, bemerkte Marc. „Sicher“, lächelte Antoine. „Mit der Zeit haben wir realisiert, dass sich diese Typen immer an dieselben Automaten stellten. Sie waren so clever und haben jedes Mal andere Männer geschickt. Frauen waren nicht dabei.“ „Gut, aber wie seid ihr nun den eigentlichen Drahtziehern auf die Schliche gekommen?“ Marc platzte fast vor Neugier. „Berufsgeheimnis“, wisperte Théo und grinste breit. Dann

---

[27] Kriminalhauptkommissar.

senkte er seine Stimme und flüsterte Marc, von wem sie den Tipp bekommen hatten. „Die gezielte Telefonüberwachung brachte uns endgültig auf die Spur“, ergänzte Théo. „Meine Fresse!“, rief Marc aus. „Da habt ihr einen Volltreffer gelandet!“ Nach dem Café geriet Théo dann doch noch in Plauderstimmung. „Der Spielhallenbetreiber, er heißt übrigens Renegard, hat zusammen mit einem Programmierer, Marcel Louis, eine Software entwickelt, die Spielautomaten mit der Coolfire-Technik manipulieren sollte.“ „Die kenne ich“, rief Marc dazwischen. „Ja! Diese Technik haben sie an andere Spielhallenbetreiber verkauft, die auch damit Geld verdienen wollten. Die Geräte schütten an normale Spieler nämlich weniger Gewinne aus, als es gesetzlich vorgeschrieben ist, aber die Spieler merken es ja nicht.“ „Das ist ja genau wie beim Online-Roulette“, sagte Marc verblüfft. „Stimmt. Wir müssen nachher einmal abklären, ob wir Übereinstimmungen finden. Bei unserer Variante gibt es allerdings eine Besonderheit. Die Spielhallenbesitzer hatten zwar mehr Geld in ihren Kassen, wurden aber selbst abgezockt und das haben sie nicht mitbekommen. Hätten sie es bemerkt, tja, was hätten sie tun sollen?“ „Stell‘ dir vor, einer von denen wäre zur Polizei gegangen! ‚Entschuldigung, man hat mich betrogen! Womit? Da hat einer meinen von mir manipulierten Spielautomaten manipuliert.‘ Na? Wie hört sich das an?“ Théo hätte mit seiner Parodie glatt in einer Show auftreten können. „Aber wie haben sie das hingekriegt?“, fragte Marc irritiert. „Die sogenannten Läufer konnten mit bestimmten Tastenkombinationen die Automaten komplett leer räumen.“ „Bin ich zu blöd, um das zu kapieren? Wieso gibt es bei Automaten Tastenkombinationen?“ „Na, in etwa so: Bei Glücksspielautomaten mit Roulette-Funktion wirft man Geld ein, wählt das Spiel ‚Roulette‘, setzt 1000 Euro auf ‚Schwarz‘, zieht dann den

Einsatz via Touchscreen auf das Feld ‚19-36‘ und hält gleichzeitig die Geldrückgabetaste gedrückt. Als Folge zeigt das Gerät hohe Gewinne an und zahlt diese anschließend auch aus.“ Marc staunte über so viel kriminelle Kreativität. „Touchscreen, das macht Sinn“, murmelte Marc halblaut vor sich hin. „Wie viele Hintermänner habt ihr dingfest machen können?“ „Wir haben vier verhaftet, einer ist uns entwischt. Eventuell hält er sich in der Gegend um Aubenas auf, aber genau wissen wir es nicht.“ Théo machte eine Kunstpause und brüstete sich: „Aber die anderen! Den Kopf der Bande, einen gewissen Ruby, haben wir hier bei uns in Marseille im Golden Tulip erwischt. 50.000 Euro in bar, eine Rolex und ein Bentley sind uns in die Hände gefallen. Wir haben Ruby direkt vom Laufband im hoteleigenen Fitness-Center gepflückt.“ „Alle Achtung. Ein guter Fang! Auf euer Wohl!“ Marc erhob das Glas, in dem sich extrem trockener Rotwein befand. „Was ist mit dem Flüchtigen? Habt ihr ein Fahndungsfoto? Einen Namen?“ „Leider nicht. Wir vermuten, dass er sich eine falsche Identität zugelegt hat. Wir wissen, dass er sich Serge Bonnet nennt, aber im Telefonbuch findest du ungefähr siebenunddreißigtausend Einträge. Wir haben ein Foto, aber das ist ziemlich undeutlich.“ Antoine zog die Schultern hoch. „Man erkennt, dass er schlank und mittelgroß ist, extrem kurze und wahrscheinlich braune Haare hat, vielleicht hat er einen Bart, vielleicht aber auch nicht. Sie kennen die ‚scharfen‘ Bilder einer Überwachungskamera. Wenn es darauf ankäme, würde man früher oder später die eigene Großmutter verhaften.“ Alle lachten, mehr resigniert als erheitert. „Ganz schön mühselig, den Gaunern auf die Schliche zu kommen“, sagte Marc.

„Gibt es eine Verbindung nach Dalaware?", fragte er plötzlich. „Delaware? Wieso sollte es", wollte Théo wissen. „Ach, nur so", murmelte Marc. Théo schubste seinen Kollegen Christian an, der bisher noch nichts gesagt hatte. „Du hast dich doch darüber auch einmal schlau gemacht." Christian nickte müde. „Siebzigtausend Einwohner in Wilmington, zweihunderttausend Firmen, alle in der North Orange Street #1209 gemeldet. Lustig, oder?" Er schüttete seinen Rotwein hinunter. „Lustig? Warum?" Théo legte ihm eine Hand auf die Schulter. Christian schüttelte ihn ab. „Unsereins kassiert sofort einen Mahnbescheid, wenn man die Raten fürs Häuschen nicht rechtzeitig bezahlt und die…" „Junge, krieg' dich wieder ein und geh' nach Hause. Du hast genug für heute", unterbrach Théo ihn. „Komm', wir zahlen." „Kann ich von euch noch die Fotos der festgenommenen Betrüger und des Flüchtigen bekommen? Wer weiß, vielleicht erwische ich eines Tages die Drahtzieher des Online-Roulettes. Es könnte ja durchaus sein, dass es die gleichen Übeltäter sind." „Aber sicher. Wie gesagt, die Qualität ist nicht besonders gut, aber für den Anfang reicht es. Hast du ein Kärtchen mit deiner Mailadresse?" „Sicher." Marc fischte eins aus seinem Portemonnaie. Er bedankte sich bei den hilfsbereiten Kollegen und machte sich auf den Weg zurück nach Montpellier. Er war froh, aus dem ehemaligen Schmugglerviertel Panier, dem geschäftigen und lauten Marseille wieder nach Hause zu kommen. Er musste sich bald mit Joseph Leroux treffen, und natürlich gerne auch mit Catherine. Seit dem Abend bei den Leroux kreuzte sie immer wieder einmal in seinen Gedanken auf. Da war etwas hinter ihrem selbstbewussten und kampfstarken Auftreten und das weckte seinen Beschützerinstinkt.

Dienstag

1

„Ich rufe jetzt die Kollegen in Limoges an. Die sollen dem Bouchon auf den Pelz rücken", verkündete ein gut gelaunter Joseph Leroux am Morgen. Er hatte die Ärmel aufgekrempelt und notierte gerade die Telefonnummer des Commissariat de Police in Limoges. In diesem Moment kam Catherine Rozier ins Büro. Sie hatte dunkle Ringe unter den Augen und wirkte müde. „Gab es gestern etwas zu feiern?", wollte er fragen. Als er ihre feuchten Augen sah, verschluckte er diese Bemerkung. „Alles klar?", fragte er stattdessen. Catherine Rozier schüttelte nur leicht den Kopf. „Bitte, ich kann jetzt nicht darüber reden." „Gut, ich warte", sagte Joseph und schaute taktvoll auf seinen Bildschirm. Dann wählte er. „Commissariat de Police, Limoges, Algrenon, Bonjour. Was kann ich für Sie tun?" Joseph hasste dieses alberne ‚Was kann ich für Sie tun?' allerorts, diese hirnlos heruntergerasselte Floskel. „Ich möchte den zuständigen Commandanten für…" ‚Ja, für was eigentlich?' „…für Verdächtige in einem Mordfall sprechen." „Einen Mordfall in Limoges?" „Junger Mann. Wir haben hier in Mèze einen Mord. Einer unserer Hauptverdächtigen wohnt in Limoges." „Dafür sind wir nicht zuständig", schnarrte Algrenon. „Sie müssen den Staatsanwalt informieren." „Ich weiß", unterbrach Leroux diesmal. „Der Staatsanwalt beauftragt den Untersuchungsrichter und so weiter. Dann geben Sie mir bitte die Durchwahl von Ihrem Staatsanwalt." „Glauben Sie, es gibt nur einen?", fragte Algrenon süffisant. „Herrgott noch einmal. Dann geben Sie mir die Nummer von der Staatsanwaltschaft generell."
Joseph Leroux raufte sich die Haare. Unbürokratisch war etwas anderes. Am anderen Ende der Leitung raschelte es,

Algrenon nieste, legte den Telefonhörer offensichtlich auf den Tisch, putzte sich geräuschvoll die Nase, dann endlich diktierte er die Nummer. „Schönen Tag auch noch“, wünschte Leroux genervt. Er wählte die Nummer, fragte sich durch, bekam endlich den Staatsanwalt Morel an den Apparat. Der zeigte Verständnis, informierte seinerseits den Untersuchungsrichter. „Aber Sie werden sich im Endeffekt an die Gendarmerie Nationale in Eymoutiers wenden müssen. Der Verdächtige wohnt dort?“ „Soweit uns bekannt ist, hat er dort vor kurzem ein schlossähnliches Anwesen gekauft“, erklärte Leroux. „Dann rufen Sie am besten dort an und informieren vorab die Kollegen. Ich werde alles Notwendige in die Wege leiten.“ Joseph Leroux bedankte sich erleichtert, suchte die Nummer der Kollegen in Eymoutiers heraus und rief die Zentrale an. Er rasselte seinen Spruch herunter und sagte: „Wir möchten um Amtshilfe bitten. Würden Sie mich bitte weiter verbinden?“ „Einen Augenblick!“ Die Pausenmelodie brachte Leroux fast um. Ein blechernes ‚Pour Elise‘ dudelte vor sich hin, unterbrochen von einer leiernden Computerstimme: „S'il vous plaît être patient.“ Beinahe hätte Leroux angefangen, seine Fingernägel zu verspeisen.

„Commandant Menoir. Monsieur Leroux, wie kann ich Ihnen helfen?“ Joseph musste sich zusammenreißen, um freundlich zu bleiben. „Madame Menoir. Können Sie jemanden für uns vernehmen?“ Er schilderte ihr, warum sie Olivier Bouchon persönlich auf den Zahn fühlen sollten. „Einen Augenblick“, unterbrach Commandant Menoir seinen Redeschwall. Er hörte, wie sie auf den Tasten ihres Computers herumhackte. „Sie haben Glück. Wir haben gestern Abend ein Passfoto von Bouchon hereinbekommen. Ein ziemlich teures übrigens.“ Joseph hörte sie durch den Hörer grinsen. „Er ist mit 150 Stundenkilometern auf dem Viadukt von Millau geblitzt worden. Ich schätze, mit zwei- bis dreihundert Euro ist er dabei." „Wie schnell darf man dort fahren, wissen Sie das zufällig?" „Ja, das weiß ich zufällig. Hundertzehn Stundenkilometer! Wenn man schneller fährt, kann man leicht mit langsam fahrenden Gaffern kollidieren. 270 Meter Höhe, dementsprechend windig ist es dort oben, man hat eine tolle Aussicht auf das Tarn-Tal und das verführt einige Autofahrer dazu, mit fünfzig-sechzig über die Brücke zu zockeln." „Aha, so. Wann hat der Blitzer ihn erwischt?" „Das war am Donnerstag, dem 7. April, 21.47 Uhr." „Mmmmh… bitte, können Sie mir vielleicht das Foto mailen und mir den Fahrzeugtyp nennen?" „Ein dunkler BMW X6 M, Kennzeichen 87-OB-666. Der Mann hält sich offenbar für sehr fotogen oder er hatte Grund zur Freude. Er grinst von Ohr zu Ohr, aber das Lachen wird ihm bestimmt vergehen, wenn wir ihn vorladen. Wenn Sie mir Ihre Email-Adresse geben, haben Sie das Foto innerhalb der nächsten Minuten." Noch während er sich für die Amtshilfe bedankte, meldete der Rechner, dass eine Mail im Posteingang sei. Joseph Leroux öffnete den Anhang der Mail und druckte das Foto aus. „Das ist Bouchon", rief er und verglich es mit demjenigen, das sie auf dem Handy von Annegret Meyer-Chevallier gefunden hatten. „Was meinst du, Catherine? Auf dem Handyfoto hat er einen Dreitagebart, hier scheinen ein paar Stoppeln nachgewachsen zu sein. Aber sonst?" Catherine kam um den Schreibtisch herum. Sie war immer noch blass. „Das ist eindeutig Bouchon!", sagte sie.

2

„Während du mit Limoges telefoniert hast, hat sich ein Gärtner von La Lumière gemeldet. Er erinnert sich an einen Streit, den er am letzten Samstag mitbekommen hat. Das muss der neunte April gewesen sein. Er war sich zu neunundneunzig Prozent sicher, dass es ein Krach zwischen Bouchon und Meyer-Chevallier war. Er kannte ihre Namen nicht, hat aber auf dem Nachbargrundstück in Marseillan eine Hecke geschnitten. Er konnte mir erstaunlich detailliert schildern, wie dieser Streit abgelaufen ist und hat uns angeboten, nach seinem Feierabend vorbei zu kommen." „Wir wollen nicht so lange warten, oder?", vergnügt zwinkerte Joseph Leroux seiner traurigen Kollegin ein Auge zu. „Fahren Sie?" „Kann ich machen. Frische Luft ist immer gut." Catherine hatte die Jacke ihrer Dienstuniform schon in der Hand.

Bevor sie in die lange Einfahrt von La Lumière einbogen, hielt Joseph den Wagen an. „Willst du mir nicht sagen, was dich so bedrückt? Ist jemand gestorben? Hat dein Freund dich geärgert? Will das Finanzamt Geld von dir?" Unwillkürlich musste Catherine lachen. „Nichts von alledem." Sie schwieg eine Weile, dann gab sie sich einen Ruck. „Eine gute Freundin hat mich gestern am späten Abend angerufen. Sie brauchte Geld. Wieder einmal", fügte sie fast tonlos hinzu. „Was ist daran so schlimm?", fragte Joseph. „Sie braucht immer Geld. Ich kann ihr keines mehr geben, und ich will es auch nicht." Trotzige Tränen kullerten plötzlich über ihre Wangen und sie knüllte ein Taschentuch zwischen ihren Fingern zusammen. „Und es fällt mir verdammt schwer, nein zu sagen. Was glaubst du denn, warum ich mich so tief im Süden von Frankreich versteckt habe? Ich dachte, hier findet sie mich nicht!" „Ist sie mehr als eine Freundin?", fragte Joseph behutsam. Catherine nickte. „War", flüsterte sie leise. „Endgültig ‚war'?" fragte Joseph. „Ja." Sie wandte den Kopf ruckartig von ihm ab und starrte auf die Mülltonnen, die dort auf dem leicht ansteigenden Weg aufgereiht standen. Joseph wartete. Abrupt drehte Catherine sich wieder zu ihm. „Sie ist spielsüchtig", gestand sie. Dann brach es aus ihr heraus: „Erst hat sie nur tage- und nächtelang am Computer gezockt. Irgend so ein dämliches Spiel auf Facebook. Was ich nicht wusste: Das Spiel kann auch Geld kosten. Als ihr das nicht mehr genügte, stieg sie auf Online-Roulette um. Von da aus ging es zu einem echten Casino. Sie war immer häufiger ganze Wochenenden in Granville. Keine Ahnung, wahrscheinlich hat sie am Strand oder im Auto geschlafen. Es wurde immer schlimmer. Sie leugnete, dass sie spielsüchtig sei, ihre Doktorarbeit blieb auf der Strecke. Weder ihre Schwester noch ich kamen an sie heran. Ich habe gedroht, sie zu verlassen, aber sie hat es mir nicht abgenommen. Ihre Erbschaft und ihre Lebensversicherung sind für ihre Sucht draufgegangen, danach fing sie an, sich Geld bei mir zu borgen. Rein zufällig bin ich dahinter gekommen, dass sie auch noch andere Freunde angepumpt hat. Irgendwann ist bei mir eine Sicherung durchgebrannt und ich war kurz davor, sie zu verprügeln. Das hat mir den Rest gegeben. Danach habe ich einen Versetzungsantrag gestellt. In einer Nacht- und Nebelaktion bin ich hierher gezogen." Catherine holte tief Luft. „Gestern Abend hat sie mich wieder erwischt." Joseph Leroux sagte nichts, gab ihr eine Packung Papiertaschentücher und wartete, bis sie wieder normal atmete. „Danke", sagte sie leise. „Sollen wir?", fragte Joseph. „Ja, jetzt können wir."

3

Sie parkten auf dem überdachten Platz, den Bernard Pelzer eigens für seine Gäste angelegt hatte. Granatapfelbäume, Oleander und wilder Jasmin verdeckten die Betonpfeiler, die das Bambusdach trugen. Der Kies auf dem Hauptweg knirschte leise unter ihren Füßen. Eine schwarze Katze huschte an ihnen vorbei und schlug sich rechts in die Büsche. Die Enten auf dem Teich quakten wie wild und schlugen alle gleichzeitig mit den Flügeln. Eine tropfnasse Mariella stürzte sich freudig auf Leroux. „Nein!", schrie er laut, als sie sich kräftig schüttelte, aber es war zu spät. Er war von oben bis unten mit Teichwassertropfen besprenkelt. Als sie an ihm hochspringen wollte, zeigte er mit der Hand flach nach unten. „Das reicht für heute."

Beatrice Pelzer kam ihnen entgegen. „Ach du liebes bisschen! Wie sehen Sie denn aus?", rief sie entsetzt und schlug die Hände vor dem Mund zusammen. „Schon gut. Das trocknet wieder", beschwichtigte Joseph. „Bei der Gelegenheit fällt mir ein: Wo ist Mayla eigentlich? Geht es ihr gut? Hat sie Urlaub?" „Nein! Mayla hat jemanden kennen gelernt und arbeitet in dieser Saison in Südafrika. Ab Mai kommt Susanne. Sie hat bis vor kurzem Jura studiert und will eine Saison bei uns arbeiten, bevor sie in eine Kanzlei einsteigt. Gibt es Neuigkeiten?" „Wir würden Pierre gerne für ein paar Minuten in Beschlag nehmen. Ihm ist etwas Wesentliches eingefallen, und wir wollen ihn dazu näher befragen." „Pierre arbeitet hinten am Swimmingpool. Ich hole ihn gleich." Beatrice entfernte sich und kam schon nach wenigen Minuten mit Pierre zurück. Catherines Gesicht hellte sich auf und sie stieß überrascht hervor: „Was machst du denn hier?" „Das gleiche wollte ich dich auch gerade fragen." „Ihr kennt euch!", stellte Joseph fest. „Ja! Wir sind eine Zeit lang auf die gleiche Schule gegangen. Pierre war allerdings ein paar Klassen über mir. Und wir haben in Villedieu-les-poêles sogar ein paar Monate nebeneinander gewohnt. Das ist ja ein Zufall!" Sie gaben sich zwei Küsschen auf die rechte und die linke Wange. „Wie geht es Gisèle?", fragte Pierre vorsichtig. „Falsche Frage, falscher Zeitpunkt", antwortete Catherine kurz angebunden. Pierre verstand und insistierte nicht weiter. Auf dem Weg in das provisorische Büro zupfte Pierre seine frühere Nachbarin am Ärmel und flüsterte: „Deine Eltern? Leben die noch?" Catherine schüttelte den Kopf. „Nein, sie sind vor drei Jahren kurz hintereinander gestorben."

„Darf ich?", fragte Joseph Leroux dazwischen. „Selbstverständlich Chef", sagte Catherine. „Gut. Kommen wir zum Dienstlichen. Sie haben gehört, wie sich Bouchon und Meyer gestritten haben. Wann war das? Können Sie uns eine Uhrzeit nennen?", fragte Leroux. Pierre überlegte kurz. Catherine registrierte, dass seine Augenlider zuckten, das war neu an ihm. „Es muss gegen zehn oder halb elf gewesen sein. Ich hatte den Rasen schon gemäht und war dabei, die Hecke zu schneiden. Zu dieser Jahreszeit wächst sie unglaublich, ich könnte fast jede Woche zur Schere greifen." Sie legten Pierre die beiden Fotos von Olivier Bouchon vor. „Könnte das der Mann sein, der das Fahrzeug gesteuert hat?", fragte Catherine sachlich. Pierre räusperte sich. „Ehrlich gesagt, ich habe in erster Linie auf diesen Schlitten geachtet. Normalerweise interessieren mich Autos nicht, aber dieser protzige Wagen ist mir besonders wegen seiner Hässlichkeit aufgefallen. Unförmig, nicht so elegant wie die üblichen Modelle dieser Marke. Der Mann? Könnte sein. Sicher bin ich mir nicht." „Gut, wenn Ihnen noch etwas einfällt, sagen Sie uns Bescheid. Wir fertigen jetzt ein Protokoll an, das müssten Sie später noch unterschreiben." „Reicht es, wenn ich nach Feierabend vorbeikomme?" „Wenn Sie das schaffen, sonst morgen früh."

Bevor sie sich verabschiedeten, fragte Pierre, ob Catherine mit ihm bald ein Glas Wein trinken würde. „Alte Zeiten!", fügte er lächelnd hinzu. „Bei Gelegenheit", vertröstete ihn

Catherine. „Gib mir deine Nummer, ich rufe dich an, wenn es passt." „Bestimmt?", fragte Pierre unsicher. „Ganz bestimmt", versprach sie ihm. Joseph Leroux, der dem Gespräch gefolgt war, wunderte sich, sagte aber nichts.

4

Dass sie Pierre noch am gleichen Spätnachmittag anrufen würde, hätte Catherine von sich selbst nicht gedacht. ‚Wenn mir doch danach ist', rechtfertigte sie ihren spontanen Entschluss vor sich selbst. ‚Immer nur zu Hause herumsitzen macht auch keinen Spaß.' Sie trafen sich im Sun Beach Café am Rande der Corniche von Mèze. „Wollen wir uns nach draußen setzen?", fragte Pierre zu Beginn. Catherine zögerte. „Ich finde es ein bisschen zu frisch", sagte Catherine fröstelnd. „Okay, aber dann würde ich lieber in dem verglasten Wintergarten sitzen", schlug Pierre vor. Als Catherine ihn fragend ansah, erklärte er ihr, dass er nicht so gerne auf dem Präsentierteller sitze. Sie bestellten beide einen heißen Kaffee, um sich daran die Hände zu wärmen. „Haben wir uns nicht zuletzt im Pussoir in Villedieu getroffen?", fragte Pierre nach einer Weile. „Das ist gut möglich. Ich war dort einige Male. Mittlerweile gehört es aber einem Jean-Luc Delacroix und ist eher ein Bistro. Weißt du noch? Früher…?" Catherine blickte träumerisch in die Ferne. „Ja! Früher!", lachte Pierre. „Da war jeden Samstag etwas los. Keinen Platz kriegte man, wenn man nicht beizeiten hingegangen ist." „Und richtig tolle Rockbands haben uns eingeheizt. Weißt du noch, wie vollgequalmt die Bude war? Dass wir das damals ausgehalten haben." Catherine schüttelte sich bei dem Gedanken an die dicke Luft, die dort wie eine dichte Wolke über ihnen gehangen hatte. „Ich musste meine Klamotten nach jedem Samstagsbesuch eine Woche in den Wind hängen." „Erinnerst du dich auch noch an den schrägen Künstler?" „Das war ein Deutscher, nicht wahr?" „Genau." Sie hatten beide den graugelockten Mann vor Augen, der so gerne ein Franzose gewesen wäre. „Einmal habe ich ihn zufällig in dem kleinen Eisenwarenladen in Gavray getroffen", sagte Catherine. „Er verlangte einen ‚Spataux'. Kein Mensch wusste, was er damit meinte, aber zu guter Letzt hat er doch tatsächlich einen bêche[28] bekommen." Catherine kicherte, als sie daran dachte. „Mein Onkel hat mir erzählt, dass er am Bahnhof von Villedieu einen ganzen Sack alter Eisenbleche entdeckte. Er hat einfach den Bahnhofsvorsteher gefragt und durfte sie mitnehmen. Stell dir vor, die hat er zu Kunstwerken verarbeitet. Kenner sind Hunderte von Kilometern gefahren, um ihm eins abzuluchsen." „Ja, ich weiß. Jemand erzählte mir, dass es oft mehrere Anläufe brauchte, bis er sich von einem Kunstwerk trennen konnte. Ich habe 2005 seine Ausstellung in Coutance besucht. Sehr beeindruckend wie Aico Richter mit sparsamen Mitteln großartige Effekte gezaubert hat." „Aber der hieß nicht wirklich Aico, oder?", sagte Pierre. Catherine schmunzelte. „Nein, ich glaube, das beruhte auf einem Hörfehler. Wir Franzosen tun uns schwer mit dem deutschen Buchstaben ‚H'. Er hieß in Wirklichkeit Heiko, aber das kriegt ja keiner von uns über die Lippen." „Aha, so war das also." Nach einer Pause fragte Catherine: „Und? Bist du verheiratet? Kinder?" Pierre sah sie kurz an, schwieg, dann sagte er leise: „Ich habe den Richtigen noch nicht gefunden." „Ach so, ja. Ich wusste nicht…" „Schon in Ordnung. Gisèle?" „Ich will nicht darüber reden. Noch nicht." Beide schwiegen eine Zeit lang. Nachdem sie ein Bier bestellt hatten, fragte Catherine: „Lebt deine Mama noch?" „Ja, stell dir vor, sie behauptet sich nach wie vor in Gavray, trotz allem." Pierres Augen

---

[28] Spaten.

funkelten lebhaft. „Aber sie arbeitet nicht mehr im Hotel de la Gare." „Eine wahre Kämpfernatur!", Catherine meinte es so, wie sie es sagte. Ihre Mutter hatte ihr erzählt, wie schwer es Pierres Maman als uneheliche Tochter eines deutschen Soldaten gehabt hatte.

„Bist du mit deinem Job zufrieden?" Pierre nickte. „Ich habe ziemliche Freiheiten, ich kann die Grünflächen weitgehend selbst gestalten. Stell dir vor, bald werde ich sogar Heilkräuter anbauen. Als Erstes möchte ich Bleiwurz anbauen. Man kann daraus einen Sud gegen Krätze und Kopfweh herstellen, bei Pferden hilft es gegen Sattel- oder Geschirrdruck." „Baust du dann auch Digitalis purpurea an? Dann werde ich zukünftig sehr vorsichtig mit dir umgehen", scherzte Catherine. „Du bist ganz schön frech!", stellte Pierre fest. „So kenne ich dich gar nicht, steht dir aber gut! Weißt du, am liebsten würde ich eine Ausbildung zum Kräuterpädagogen machen, aber dazu fehlt mir das Geld", seufzte Pierre. „Wer weiß, wenn es ein großer Wunsch von dir ist, geht er vielleicht in Erfüllung." „Ach, mit Sternenguckerei habe ich nichts am Hut. Nun zu dir. Seid ihr bei der Suche nach dem Mörder dieser Frau Maja-Kavalier weiter gekommen?" Catherine lachte. „Sie heißt Meyer-Chevallier. Um deine Frage zu beantworten: nicht wirklich. Wir tappen im Dunkeln. Dieser Typ, den du in dem BMW gesehen hast, kommt in Frage. Alles, was wir bisher über ihn gehört haben, deutet darauf hin, dass er gut und gerne ein Ganove sein könnte. Bei uns gilt jedoch: solange nicht das Gegenteil bewiesen wird, ist er unschuldig. Einer der Urlauber, die bei euch wohnen, ist mir ebenfalls suspekt, aber auch das heißt noch lange nichts. Wir brauchen Beweise." „Warum fragt ihr nicht unseren Koch? Oder Sebastian, der kommt viel herum und hört so allerlei." „Sebastian? Wer ist das?" „Sebastian ist bei uns das

Mädchen für alles", lachte Pierre. „Ich glaube, er war heute in Spanien, um dort neue Fliesen für ein paar Bäder in den Gîtes[29] zu kaufen. Ich frage ihn morgen. Sollte ihm etwas Verdächtiges aufgefallen sein, wird er sich bestimmt bei dir melden." „Das könnte helfen." Das Thema Gisèle vertieften sie an diesem Abend nicht weiter. Auch Pierre erzählte nichts von dem schönen Jaques. Er hatte ihn immer noch nicht vergessen. Nach einem harmlosen Smalltalk verabschiedeten sie sich. „Wir werden uns bestimmt wieder über den Weg laufen", sagten beide übereinstimmend.

---

[29] Gîtes heißen die einzelnen Hausteile der Domäne La Lumière.

Mittwoch

1

Joseph Leroux starrte auf seinen Computerbildschirm. Hatte er alles Wesentliche in dem Fall Meyer in seinem vorläufigen Bericht erwähnt? Gegen zehn klopfte es zaghaft an seiner Tür. Eine willkommene Unterbrechung. „Ah! Sebastian? Wie geht's?" „Merci. Unser Gärtner Pierre sagte mir, dass ich Ihnen Bescheid geben soll, wenn mir etwas zu dem Unglück einfällt. Jetzt habe ich etwas, aber ich weiß nicht, ob Sie das weiter bringt." „Schießen Sie los. Pardon, natürlich bitte nicht schießen", lachte Leroux. „Okay. Von der Geburtstagsfeier am Samstag haben Sie gehört?" „Das war der 9. April?", warf Leroux ein. „Kann sein. Jedenfalls musste ich an dem Abend noch die Wasserzufuhr hinter dem Restaurant regulieren. Es gab Komplikationen, deswegen hat es länger gedauert." Sebastian war ziemlich aufgeregt und sprach so schnell, dass Joseph Leroux instinktiv die Luft anhielt. „Ich war gerade dabei, den Schlauch wieder in die vorgesehene Manschette zu stecken, da fiel mir ein Paar auf, das sich links vom Restaurant in die Ecke drückte. Irgendetwas daran war komisch. Ich glaube, der Frau gefiel etwas nicht. Sie hat den Mann angegiftet und geschubst, vielleicht sogar gekratzt." „Haben Sie eine Ahnung, wer das war?" „Tut mir sehr leid. Aber als ich mich näher heranschleichen wollte, waren sie wieder verschwunden." „Schade, trotzdem vielen Dank, dass Sie extra deswegen vorbeigekommen sind. Dieser Fall verhält sich wie ein tausender Puzzle. Am Ende wissen wir vielleicht, welches davon das entscheidende Puzzleteil war. Einen schönen Tag noch und grüßen Sie Mariella."

Kaum hatte Sebastian das Büro verlassen, wählte Joseph die Nummer von Beatrice Pelzer. Er hatte ausgesprochenes

Glück und erwischte sie schon bei dem ersten Versuch. „Entschuldigung, wenn ich Sie schon wieder störe. Wie viele Gäste waren bei der Geburtstagsfeier von Gerhard Schlüter im Restaurant. Können Sie sich daran noch erinnern?" „Gute Frage. Also, die Schlüters natürlich, Frau Meyer-Chevallier ebenso. Lassen Sie mich einen Augenblick nachdenken." ‚Lieber Gott, lass ihr etwas einfallen‘, dachte Joseph Leroux bei sich. Wenn sich Madame Pelzer daran nun nicht mehr erinnerte! Beatrice räusperte sich. „Die Brackmanns saßen noch am Nebentisch. Sie erinnern sich an Elisabeth? Mein Mann kam später, weil Sebastian noch die Wasserpumpe reparieren musste. Und das Ehepaar Weber aus Frankfurt, die kamen an dem Samstag erst spät an. Haben Sie jetzt meinen Mann in Verdacht? Oder etwa den charmanten Herrn Schlüter?" „Keinesfalls, ich gehe nur meiner Arbeit nach und trage alle Informationen zusammen. Haben Sie vielen Dank."

Joseph Leroux sagte laut: „Da haben wir es doch!" Schon wieder läutete das Telefon. Joseph stöhnte laut. An manchen Tagen hätte er am liebsten den Stecker aus der Wand gezogen. Eine ältere Dame meldete sich: „Sie haben doch einen Aufruf geschaltet. Dass man sich melden soll, wenn man etwas gesehen oder gehört hat." „Ja! Geht es um den Mordfall Meyer-Chevallier?" „Keine Ahnung. Aber ich bin am letzten Sonntag am Strand von Castellas mit meinem Hund spazieren gegangen. Und da habe ich etwas gesehen." Der brüchigen Stimme nach zu urteilen, musste die Dame um die achtzig Jahre alt sein. „Können Sie sich an eine Uhrzeit erinnern?" „Es war noch nicht dunkel", gab die alte Dame zur Antwort. „Und Sie sind sicher, dass es ein Sonntag war?" „Glauben Sie vielleicht, ich bin dement?", zeterte sie. „Mein Enkel besucht mich immer samstags und danach gehe ich eine Runde mit meinem petit coco am Wasser entlang." „Excusez moi! Es tut mir leid, wenn ich Sie unterbrechen muss. Haben Sie gerade gesagt, Ihr Enkel besuche Sie immer am Samstag?" „Natürlich besucht er mich samstags. Ich habe kein Alzheimer! Wollen Sie jetzt wissen, was ich gesehen habe oder interessiert Sie das gar nicht?" „Doch, ich möchte sehr gerne wissen, was Sie gesehen haben. Nur eine Frage zwischendurch. Um welchen Sonntag handelt es sich, um diesen Sonntag oder um den vorherigen?" Die Dame zögerte, sie zögerte lange. „Ich glaube, das weiß ich nicht mehr", gestand sie leise. Dann legte sie auf. Joseph Leroux seufzte. Gerade wollte er sich wieder in die Akten schauen, als das Telefon wieder klingelte. Diesmal war es ein Mann aus Séte, ein Radfahrer, der jeden Abend auf dem Weg von Marseillan-Plage bis Séte für das jährliche Radrennen im Dèpartement l'Hèrault trainierte. Gerade noch rechtzeitig bat Joseph Leroux darum, das Gespräch aufzeichnen zu dürfen. Der Mann aus Séte hatte nichts dagegen einzuwenden. Am Sonntag war ihm aus den Augenwinkeln heraus ein Mann aufgefallen. Er hatte auf dem Weg von der Straße zum hinteren Ende des Parkplatzes bei Castallas etwas Größeres hinter sich her geschleift. „Ich dachte, es sei einer der vielen Petrijünger, die immer an diesem Strandabschnitt ihr Glück versuchen." „Wissen Sie zufällig, welcher Abschnitt das war?", unterbrach Leroux. „Das muss der 72er Abschnitt gewesen sein. Ja, ich bin mir ziemlich sicher. Es war der 72er. Also, ich dachte, das sei einer der Angler mit seinem ganzen Equipment gewesen. Erst, als ich heute das Plakat mit dem Bild der toten Frau in Séte gesehen habe, ist es mir wieder eingefallen." „Aha! Können Sie den Mann beschreiben?", fragte Joseph Leroux hoffnungsvoll. „Er war ziemlich groß, kein hagerer Typ, aber auch nicht fett, das ist alles, was ich vor meinem geistigen Auge sehe." „Ganz schön viel, dafür, dass Sie ihn nur im Vorbeifahren gesehen haben. Wie schnell ist man auf so einem Rad?", wollte Joseph aus reiner Neugier wissen. „Normalerweise kann man schon mit 25-30 Stundenkilometer um die Kurve fahren. Aber gerade an dieser Stelle gibt es zwei Kurven nacheinander, so dass man stark abbremsen muss. Außerdem liegt dort naturgemäß immer etwas Sand auf der Straße. Im Endeffekt würde ich schätzen, dass ich dort nicht schneller als fünfzehn Kilometer gewesen bin." „Und trotzdem bekommen Sie noch mit, was um Sie herum passiert. Alle Achtung!", staunte Leroux. Der Mann aus Séte fühlte sich auf den Schlips getreten. „Wissen Sie, als Biologe muss ich schon von Berufs wegen immer genau hinschauen", sagte er leicht pikiert. „Ich hoffe, dass Sie den Täter bald finden." „Mir fällt noch etwas ein. Konnten Sie erkennen, zu welchem Wagen der Mann sich hin bewegte?" „Oh mon Dieu, das nicht. Ich konnte nur den Zugang einsehen, den eigentlichen Parkplatz aber nicht." Joseph Leroux bedankte sich und ergänzte die Tapete.

Gisèle wollte ans Meer, sich den rauen Wind um die Nase wehen lassen. Den Kopf frei bekommen. Raus aus der Studierstube, neue Ideen einatmen, Himmelstropfen aufsaugen. Ihre Doktorarbeit verhungerte in der Ecke. Vielleicht auch kurz ins Casino abtauchen. Catherine hatte schon mehr als vier Monate nichts mehr von sich hören lassen. Allmählich verblasste ihr Bild. Heute würde sie endlich wieder gewinnen. In ihrem ergrauten Renault 4 nahm sie die Kurven salopp.

Die Straße von Montagu les Bois durch den hügeligen Wald Richtung Gavray glänzte schwarz vom Regen. In den Bäumen sah sie Herzen mit einem Querbalken, gelbe Punkte thronten auf den Zaunpfosten, regenbogenfarbige Tortenstücke lagen im Graben. Fünf von den roten, noch einen blauen mit Längsbalken, dann Zahlenkombinationen, drei Zitronen, vier Maikäfer, eine Straße, fünf Damen, alles auf die Sieben. Der Wind peitschte Regen gegen die Windschutzscheibe, die Scheibenwischer fühlten sich überfordert. War die Kurve schon immer so eng gewesen?

Der Fahrer eines entgegenkommenden Citroëns hupte wild. Gisèle drückte das Gaspedal durch, der Renault geriet ins Schlingern. Winzige Sternchen tanzten vor Gisèles Augen. Die Bremse gab jeglichen Widerstand auf und das Lenkrad drehte sich von ganz allein. Die Eiche kam drohend auf sie zu. Sie konnte nichts mehr tun. Der R4 überschlug sich, schoss die Böschung hinab, blieb liegen. Verwundert stand Gisèle neben dem zerdepperten Fahrzeug und sah ihren blutüberströmten Körper, eingequetscht zwischen Windschutzscheibe und Lenkrad. War sie jetzt tot?

2

Catherine genoss es, an nichts zu denken. Sie schlenderte Frühnachmittags am Strand von Castellas entlang, sog das Rauschen der Wellen in sich auf und ließ die salzige Luft tief in ihre Lungen gleiten. Obwohl es noch recht frisch war, hatte sie ihre Schuhe ausgezogen und spürte den Sand unter ihren Füßen. Manchmal pikste ein kleiner Stein oder eine zerbrochene Muschel, den Glasscherben wich sie geschickt aus. Noch war das Räumkommando zum Säubern des Strandes nicht ausgerückt, so dass allerlei angespültes Gerümpel ihren Weg säumte. Hier wurde der sorglose Umgang mit all dem Plastik sichtbar. Es stach ihr ins Herz. Sterbende Seevögel mit ölverklebten Flügeln kannte sie zum Glück nur aus dem Fernsehen oder der überörtlichen Presse. Am Horizont entdeckte sie einen Fischtrawler.

Hier irgendwo war Annegret Meyer-Chevallier vermutlich gestorben. Was sie wohl in dem Augenblick gedacht hatte, als sie von einer Kugel getroffen wurde? Hatte sie ebenfalls hier gestanden und auf das Meer geblickt, von tiefem Frieden erfüllt? Musste sie sterben, weil sie als Frau zu mächtig geworden war? Konnte man als Frau – was war das denn für ein Satz? Man als Frau? Also, noch einmal von vorne: Frau und Macht? War das ein Widerspruch in sich? Einmal in dem Gedankenkarussell verfangen, schlängelten sich mehr und mehr Einwände, Behauptungen und hirnrissige Ideen in ihr Bewusstsein, verkeilten sich ineinander und ließen sich nicht mehr in klare Bahnen zwingen. Konnte eine Frau – ohne zickig zu sein – Macht ausüben? O Gott, das war vertrackt. Catherine wusste keine Antwort darauf, ging grübelnd weiter an einem riesigen, rindenlosen Baumstamm vorbei. Ein lebloses Gerippe, das sich in das Bild eines menschenleeren Strands geschoben hatte.

Ihr Mobiltelefon vibrierte in ihrer Jackentasche. „Ja?…
„Nein!!!"… „Wo?"…
„Ich komme!"
Sie fiel auf den Strand, schrie, weinte, verlor sich, hieb wütend auf den Sand ein, schluchzte, stand wieder auf, stolperte zum Parkplatz, setzte sich ins Auto, starrte blicklos durch die schlierige Windschutzscheibe, blieb reglos sitzen. Nach fast einer halben Stunde, die ihr wie eine Ewigkeit vorkam, nahm sie einen Schluck Wasser aus der Flasche, die sie immer im Auto hatte. Sie rief ihren Vorgesetzten Joseph Leroux an. Mit tränenerstickter Stimme erklärte sie ihm, dass sie heute nicht mehr zum Dienst erscheinen werde.

3

,Smoke on the Water'. Joseph Leroux überlegte, ob er das Klingelzeichen seines Handys bei Gelegenheit ändern sollte. „Hast du gleich einen Augenblick Zeit?", fragte Marc ohne Umschweife. „Ich nehme an, du rufst mich nicht ohne Grund an. Bist du schon unterwegs?" „Erraten! Bin ungefähr auf der Höhe von Bouziges. Also, was ist?" „Hier in der Gendarmerie oder in der Stadt?" „Ich glaube, es ist besser, wenn wir uns zuerst im Büro treffen. Ich bringe etwas zum Prüfen mit." „Du machst es spannend. Bis gleich." Wenig später traf Marc ein. „Ist Catherine nicht da?", fragte er ein wenig enttäuscht. „Sie hat einen halben Tag freigenommen. Du magst sie wohl oder irre ich mich?" „Mmmmh." Marc war sich selbst nicht sicher. „Schau' einmal. Ich habe von den Kollegen in Marseille ein paar Fotos bekommen. Dieser Mann hier soll einer Bande von Betrügern angehören, die eine Software für Glücksspielautomaten entwickelt haben. Damit können Spielhallenbetreiber ihre Kunden ausnehmen wie eine Weihnachtsgans. Das

Verrückte daran ist, dass die Bande den Chip so programmiert hat, dass sie selbst wiederum die Betreiber abzocken können." „Zeig' mal her!" Marc schob das undeutliche Foto der Video-Überwachungskamera auf Josephs Schreibtisch. „Ich fresse einen Besen. Wenn ich mich nicht irre, ist das Bouchon!" Joseph Leroux war erregt aufgesprungen. „Augenblick. Hier sind die Fotos, die wir haben. Eins von Meyers Handy, das andere hat mir die Kollegin aus Eymoutiers geschickt." „Ach, dann heißt der Kerl auch nicht Serge Bonnet sondern…?"„Olivier Bouchon. Müssen wir noch ein Identitätsgutachten einholen?" „Im Zweifel ja. Das Foto von der Videoüberwachung ist eigentlich mehr als dürftig, obwohl Körpergröße, Haltung und auch die Kleidung für eine Übereinstimmung sprechen." „Wir sollten sofort Commandant Menoir anrufen und ihr Bescheid geben." Zu spät. Im selben Augenblick meldete sie sich.

„Wenn man vom Teufel spricht…", scherzte Joseph. "Bitte? Ich verstehe nicht!", erwiderte Commandant Menoir hörbar befremdet. „Pardon. Wir… ich wollte Sie im selben Augenblick anrufen. Wir sind auf etwas Wichtiges gestoßen. Haben Sie Monsieur Bouchon schon vernommen?" „Ja, das haben wir", entgegnete Commandant Menoir kühl. „Es war nicht einfach, ihn zu erwischen. Er hat sich in einer Art Festung oberhalb des Flusses Vienne verschanzt." „Klären Sie mich auf", bat Joseph Leroux. „Er besitzt eine Art Schlösschen, das hat er vor kurzem einer finanziell angeschlagenen Loge abgekauft. Es liegt am Hang und hat an drei Straßen einen Eingang, unten an der Faubourg de Macaud, oben an der Rue Émile Zola; weiterhin gibt es ein ziemlich verstecktes, schlichtes Holztor in einem kleinen Gässchen. Zum Glück haben die Kollegen das vorher herausbekommen, denn als wir kamen, wollte er sich gerade durch diese Geheimtür davonschleichen." „Wie gut, dass Sie ihn erwischt haben", kommentierte Joseph. Commandant Menoir fuhr fort: „Angeblich ist er absolut sauber, was den Mordfall betrifft. Am Sonntagabend, als Madame Meyer-Chevallier erschossen wurde, soll sich Monsieur Bouchon in einem Spielcasino in Balaruc-les-Bains aufgehalten haben. Er hat mehrere Zeugen benannt, unter anderem einen der Croupiers." Joseph Leroux' Euphorie fiel in sich zusammen. „Und Sie meinen, diese Zeugen sind echt?", fragte er zögernd. „Echt oder nicht, das müssen wir bzw. Sie noch genau prüfen. Für die Nacht gibt es jedenfalls eine Dame, die sich intensiv mit ihm beschäftigt haben will." „Dann brauchen wir schnellstens Namen und Adressen der Zeugen und das Vernehmungsprotokoll." „Ich war im Begriff, es Ihnen gleich zu mailen", entgegnete Commandant Menoir. Joseph Leroux wollte dem immer ernster werdenden Ton entgegenwirken, aber auf die Schnelle fiel ihm nicht ein, wie er das anstellen könnte. „Uns liegt etwas vor, das für Sie vielleicht interessant ist." Joseph bemühte sich, betont freundlich zu sprechen. „Olivier Bouchon, im L'Hérault auch als Serge Bonnet bekannt, gehört höchstwahrscheinlich zu einer Bande, die Software für Spielhallen gefälscht hat. Sie müssen ihn verhaften. Er wird von der Gendarmerie in Marseille dringend gesucht." „Ohje", stöhnte nun Commandant Menoir. „Er hat uns vor ungefähr zwanzig Minuten verlassen." Marc, der alles mit gehört hatte, gab Leroux ein Zeichen, dass er ebenfalls mit Commandant Menoir sprechen wollte. „Marc Majory, Staatsanwaltschaft Montpellier, guten Tag Commandant Menoir! Bitte schicken Sie Ihre Kollegen los und verhaften den Mann. Er darf uns nicht durch die Lappen gehen. Ich werde meine Kollegen in Marseille verständigen. Sie sollen Ihnen stante pede die Fotos und die Akten schicken… Ja, ich erfahre eben, dass es noch ein neues Foto gibt… Richtig, da ist die ganze Bande drauf… Das mache ich. Viel Erfolg." "Joseph, jetzt kommt endlich Schwung in die Sache. Sobald wir die Liste mit den Zeugen haben, müssen zwei eurer Leute nach Balaruc fahren und sie befragen. Ich bin gespannt, ob die Vöglein singen. Und grüße mir morgen die Kollegin, nicht vergessen." Noch im Hinausgehen zwinkerte er Joseph ein Auge zu.

4

Am späten Nachmittag erhielt Joseph Leroux eine Nachricht von Commandant Menoir. „Sind Sie bereit, an einer Video-Konferenz teilzunehmen?", fiel sie mit der Tür ins Haus. „Videokonferenz?", echote Capitaine Leroux erschrocken. „Wie soll das gehen?" „Ich vernehme den ehrenwerten Monsieur Bouchon in ein paar Minuten. Ich dachte mir, dass Sie vielleicht Lust hätten, virtuell dabei zu sein." Commandant Menoir wirkte aufgekratzt. „Das habe ich noch nie gemacht", stammelte Leroux. Sofort bereute er es, seine Schwäche so offen zugegeben zu haben. „Einmal ist immer das erste Mal", ermunterte ihn Commandant Menoir und erklärte ihm, wie das Prozedere zu bewerkstelligen sei. Kurze Zeit später verfolgte Capitaine Joseph Leroux in Mèze zum ersten Mal in seinem Leben per Computer, was sich gerade in Eymoutiers in dem Büro der Gendarmerie Nationale abspielte.

Olivier Bouchon wurde mit Handschellen in einen kahlen Verhörraum gebracht. Er ließ sich auf einen ungepolsterten Holzstuhl nieder, legte die gefesselten Hände auf den Tisch und schaute unbeteiligt auf die Tür. Im Mund schob er einen Kaugummi hin und her, kaute darauf herum, schob ihn wieder in die rechte Mundecke. Eine circa fünfundvierzigjährige Frau mit dem Dienstgrad eines Commandanten betrat den Raum. Ihre aschblonden, langen Haare hatte sie mit einer türkisfarbenen Klammer zu einem losen Knoten im Nacken gebunden. In ihren blauen Augen lag etwas Spöttisches.

„Olivier Bouchon?", begrüßte sie den Angeklagten und bot ihm ihre rechte Hand zum Gruß dar. Der Mann ignorierte diese Geste. „Gut, wie Sie wollen! Commandant Menoir." Olivier Bouchons Augen taxierten sie. „Oder soll ich Sie lieber Serge Bonnet nennen?" „Was wollen Sie von mir?" Für einen Augenblick flackerten seine Augen. Dann straffte er sich wieder und blickte sein Gegenüber von oben herab an. Commandant Menoir legte ihm ein Foto vor. „Sie kennen diesen Herrn?" Angestrengt betrachtete Olivier Bouchon das Bild. Dann schüttelte er den Kopf. „Nee, kenne ich nicht!" „Und diesen hier?" „Auch nicht!" „Diesen!" Kopfschütteln, zurücklehnend intensives Kaugummi kauen, das Gesicht im Pokerfacemodus. Menoir ließ sich nicht beirren. Sie zog einen weiteren Trumpf aus dem Ärmel und legte ihn vor Bouchon auf den Tisch, wortlos. Sie beobachtete ihn. Bouchons Augen zuckten. „Mmmmh." Er schob das Foto von sich weg, sagte nichts, schaute nach unten, zur Seite, dann blickte er Commandant Menoir an. „Was wollen Sie von mir hören?", fragte er schließlich. „Nun!", sagte sie. „Offensichtlich ist Ihre Krankheit schon weiter fortgeschritten, als Sie vermutet haben." „Wie bitte?" „Memoria damnun." „Ich hatte nie Latein in der Schule, also, was heißt das auf Französisch?" „Gedächtnisverlust!" Sie schaute ihn lauernd an. „Oder nur eine schlichte Lüge?" Das Foto war in einem Spielclub in Agde aufgenommen und zeigte die ganze Bande, wie sie in trauter Runde zusammen saß und becherte. „Was haben Sie mit dem ganzen Geld angestellt, das Sie in der Glücksspielbranche verdient haben? In den Wind geschossen viel-

146

leicht?" Menoir war stolz auf ihren semantischen Vergleich. Man sah es ihr an. „Hören Sie! Ich erweise der Menschheit einen unschätzbaren Dienst, ich investiere all mein Geld in Windkraft. Das ist soziale Verantwortung!", bäumte sich Bouchon auf. „Und eine Briefkastenfirma in Delaware haben Sie auch", behauptete Menoir in den blauen Dunst hinein. „Das ist nicht strafbar", zeterte Bouchon. „Sie sind vorläufig festgenommen, Monsieur Olivier Bouchon. Verdacht auf gemeinschaftlichen Betrug und Steuerhinterziehung in Millionenhöhe. Capitaine Leroux, haben Sie noch Fragen an Monsieur Bouchon?", Commandant Menoir schaute direkt in die Kamera. „Monsieur Bouchon, wo waren Sie am Abend des zehnten April zwischen acht und zehn Uhr abends?" Erstaunt schaute Olivier Bouchon in die Kamera. „Das wissen Sie doch! Capitaine Leroux, nehme ich an!" Er schaute neugierig in die Kamera. „Ich war im Spielcasino von Balaruc und anschließend hatte ich das Vergnügen, mit Tatjana exquisite Spielchen zu spielen." Er schnalzte ordinär mit der Zunge. „Sie sagten uns, dass Sie Annegret Meyer-Chevallier zuletzt am Samstag beim Mittagessen gesehen haben. Die Angestellten vom Les Palmiers konnten eine Reservierung für den Freitagmittag bestätigten. Am Samstagmorgen hatten Sie laut Zeugenaussagen einen heftigen Streit mit Madame Meyer. Es war die Rede von einer Drohung und nun schlagen Sie vor: Welche Geschichte sollen wir glauben? Gibt es eine Erklärung Ihrerseits?" Joseph Leroux genoss es sichtlich, diesem überheblichen Kerl einen Dämpfer zu verpassen. „Ich habe Annegret nicht umgebracht!", rief Bouchon wütend. „Wie oft soll ich das noch sagen?" Er schlug mit der flachen Hand auf den Tisch. „Ihr könnt mir alles anhängen, aber keinen Mord." Er setzte ein trotziges Gesicht auf und schwieg fortan. Commandant Menoir ließ ihn abführen.

Bevor Joseph Leroux Feierabend machte, bat er Beatrice Pelzer, die Schlüters für den nächsten Vormittag in die Rezeption zu bestellen. „Die werden nicht besonders entzückt sein", sagte Beatrice. „Ich weiß. Aber es ist unvermeidbar", entgegnete Joseph Leroux müde.

5

Joseph wollte sich endlich entspannen. Seitdem sie von ihrer Dreizimmerwohnung in der Rue de la Pyramide in ein kleineres Haus in der ruhigeren Rue des Olivettes umgezogen waren, teilte er Hélènes Freude am Gärtnern. Sie besaßen nur eine kleine Parzelle, aber sie hatten jetzt genug Platz für alle Topfpflanzen. Es gab ein kleines Kräuterbeet, ein paar Oleanderbüsche, einen üppigen Hortensienstrauch und ein paar Stauden, das reichte zu ihrem Glück. Als er die Haustür aufschloss, kam ihm Minouche entgegen, strich an seinen Beinen entlang und miaute beleidigt. „Oh! Dein Personal scheint ausgegangen zu sein?", begrüßte er die Graugetigerte. Auf dem Küchentisch fand er einen gelben Zettel von Hélène. ‚Bin mit Emily in die Sauna gegangen. Küsschen.‘ ‚Seit wann geht Hélène in die Sauna?", dachte Joseph überrascht‘. Minouche verfolgte ihn und maunzte unzufrieden. „Du siehst eigentlich gar nicht so unterernährt aus!", moserte er. „Jetzt wirst du gleich sagen: ‚Wovon sollt’ ich satt sein, ich sprang nur übers Gräbelein und fraß kein einzig Blättelein.‘" Minouche starrte ihn mit ihren grünen Augen verständnislos an. „Ich weiß! Du verstehst keine Märchen." „Miou!", erwiderte die Katze. Als er endlich ein Päckchen mit Thunfischpastete in ihren Napf füllte, schlang sie alles in sich hinein und leckte sich anschließend die Pfoten. „Ich hoffe, du hast keinen Bandwurm", murmelte Joseph und kraulte ihr ausnahmsweise den Kopf. Minouche schnurrte laut. Nachdem er die verfressene Katze versorgt hatte, holte er sich ein Stück Baguette, etwas Käse und würziges Olivenöl und setzte sich damit auf die Terrasse. Er roch den herben Duft des Étang de Thau, fühlte die laue Luft auf seiner Haut und genoss das letzte Sonnenlicht. Während er ihr grünes Refugium betrachtete, schweiften seine Gedanken wieder zurück zu dem Fall Meyer-Chevallier.

Ihr Ex-Lover Bouchon schien ein wasserdichtes Alibi zu haben. Der geschiedene Mann? Auch er konnte es offensichtlich nicht sein. Marc hatte ihm Amtshilfe geleistet und zwei seiner Mitarbeiter gebeten, alle von Chevallier genannten Zeugen zu befragen. Es gab gewisse Unstimmigkeiten, denn eine der Sopranistinnen hatte ausgesagt, dass der künstlerische Leiter bei den Proben für Beatrice und Benedict mindestens eine halbe Stunde mit dem ‚Uhu‘ verschwunden sei (sie hatte boshaft gekichert und eine eindeutig zweideutige Handbewegung gemacht). Aber von Montpellier bis zum Strand von Castellas brauchte man mindestens eine Stunde hin und eine zurück. Er kam also auch nicht in Frage. Sollte ein völlig Unbekannter die Frau umgebracht haben? Wenn ja, warum sollte er sich dann die Mühe machen, die Tote bis nach Marseillan zu transportieren? Ohne etwas zu stehlen? Ohne sie sexuell zu missbrauchen? Ein Irrer vielleicht? Hatte es schon einmal gegeben. Der Spanier? Der war aufdringlich, ansonsten schien er harmlos zu sein. Harmlos? Jedenfalls kein Mörder. Seine Gedanken drehten sich im Kreis. Was war mit Monsieur Schlüter? Oder mit Brunhilde Schlüter? (Diesen Namen konnte er kaum aussprechen.) Kaufte er ihr die Rolle der besten Freundin ab? Sollte sie so geschickt schauspielern können? Vielleicht standen sie doch in geheimer Konkurrenz? Wozu gab es das Internet? Langsam gewöhnte er sich an den Gedanken, dass er wenigstens grobe Informationen selbst aus dem Netz holen konnte. Er fuhr seinen Laptop hoch und gab ‚Brunhilde Schlüter‘ ein. Das Internet überschüttete ihn mit einer Fülle von Einträgen. Aufs Geratewohl klickte er eine Seite an, vergaß auch nicht ‚Diese Seite übersetzen‘ zu bestätigen und begann zu lesen.

Die Wortwahl und der Satzbau konnten grauenvoller nicht sein, aber immerhin entnahm er dem Zeitungsartikel, dass die Gute in Deutschland vor Jahren unangenehm aufgefallen war. Wenn Joseph dieses Kuddelmuddel richtig interpretierte, hatte sie das eigene Bundesland zugunsten der maroden Stadtkasse betrogen und den Schmu ihrer Mitarbeiter gedeckt. Immerhin war es um 9,6 Millionen Deutsche Mark gegangen. Sie musste vor einem Untersuchungsausschuss aussagen und anschließend von ihrem Posten zurücktreten. Auf der nächsten Internetseite trat sie allerdings schon wieder als Leiterin eines Jugendamtes ihrer Heimatstadt in Erscheinung. Olala! Das war doch ein Anhaltspunkt. Und wo er schon einmal vor dem Rechner hockte, gab er gleich danach ‚Gerhard Schlüter‘ sein. „Hoffentlich kommt Hélène bald nach Hause“, wünschte sich Joseph eindringlich. Er fand noch mehr Einträge als bei Brunhilde. Wo sollte er beginnen?

6

Als hätte Hélène seine Gedanken gelesen, hörte er, wie sie den Haustürschlüssel im Schloss umdrehte und ihm ein gut gelauntes „Bonsoir“ entgegenrief. „Cherie, du bist meine Rettung“, sagte er. „Du musst mir auf der Stelle beistehen.“ „Was gibt es am späten Abend noch so Dringendes?“ „Du kannst doch ein bisschen Deutsch. Das übersetzte Kauderwelsch des Computers verstehe ich nicht. Vielleicht hilfst du mir?“ „Bitte“, fügte er hinzu. Hélène stellte ihre Tasche mit den nassen Handtüchern, dem Badeanzug und

150

all dem sonstigen Saunazubehör ins Bad und eilte ihrem Gatten zu Hilfe. „Lass' mich sehen!" Hélène quetschte sich neben ihn. „Wen haben wir da? Gerhard Schlüter? Wer war das noch gleich?" „Der Ehemann von Brunhilde Schlüter. Sie ist wahrlich kein unbeschriebenes Blatt. Sie muss wohl einmal so etwas Ähnliches wie die Chefin einer Kämmerei gewesen sein. Komisches Wort, findest du nicht? Während ihrer Amtszeit haben Mitarbeiter Gelder vom Land Nordrhein-Westfalen angefordert, das ihnen nicht zu stand." „Verstehe ich nicht. Kannst du das genauer erklären?" „So richtig nicht. Offenbar ging es um Menschen, die schon lange nicht mehr in ihrem Bezirk wohnten. Und für die haben sie von einer übergeordneten Stelle Unterstützung kassiert. Und nicht nur ein paar hundert Euro. Es muss noch vor der Währungsumstellung gewesen sein. Aber das ist ja auch egal. Jetzt möchte ich wissen, was über ihren Ehemann geschrieben steht." „Eine Menge. Ich rufe mal eine Seite auf." „Oh!", Hélènes Augen wurden immer größer. „Nun sag' schon!" Joseph wurde ungeduldig. „Ich muss den Zusammenhang kapieren. Ich glaube, es ist besser, wenn ich den Artikel direkt auf Deutsch lese. Möglicherweise verstehe ich nicht alles, aber ich bemühe mich." Hélène ließ sich den deutschen Artikel anzeigen. „Gerichtliche Aussetzung… nein, warte, das muss Auseinandersetzung heißen… endet mit einem Komponist… Oh, ich glaube, das ist völliger Blödsinn, es muss heißen Kompromiss… Ich hab's! Bergwerksdirektor wirft einer Mitarbeiterin Pflichtverletzung im Dienst vor. Sie bezichtigt ihn der Lüge und klagt vor dem Arbeitsgericht. Er wiederum sagt unter Eid aus, dass sie es mit der Wahrheit nicht so genau nimmt." „Ja? Lies weiter", Joseph war so gespannt, dass ihm gar nicht bewusst war, dass er geschrien hatte. „Wie ist es ausgegangen?" „Offensichtlich hat er den Prozess gewonnen.“ „Werden Namen genannt?“ „In diesem Artikel nicht. Aber eventuell in einem anderen.“ Hélène rief den nächsten Eintrag auf. „Hier steht es: Direktor Schlüter beklagt das mangelnde Zeitmanagement und die Illoyalität einer Abteilungsleiterin.“ „Interessant“, murmelte Joseph. „Wird die Frau nirgendwo mit Namen genannt?“ „Dann muss ich wohl ausnahmsweise die Seiten drei bis sechs der Suchmaschine aufrufen. Vielleicht entdecken wir die Nadel im Heuhaufen.“ Aber auch auf der fünften Seite fanden sie nicht, was sie suchten. „Kommen die Befragungsergebnisse aus Deutschland bald? Du hast doch ihre Arbeitskollegen anhören lassen?“ „Ja, stimmt, das hatte ich ganz vergessen. Ich mache mir einen Knoten ins Ohr, nein warte, ich schreibe es auf und frage gleich morgen früh nach.“ Joseph Leroux konnte den restlichen Frühlingsabend mit seiner Hélène kaum genießen. Zu viele lose Enden in einem Fall machten ihn verrückt. Erst kurz vor Mitternacht sanken sie gemeinsam in das Land der Träume.

Gisèle gehörte zu jenen Kindern, die jahrelang von sich behaupteten, sie hätten eine glückliche Kindheit gehabt. Sie war das jüngste von drei Kindern, ihre beiden Schwestern waren wesentlich älter als sie. Als ihre Mutter mit fünfundvierzig aus heiterem Himmel Heißhungerattacken bekam und ständig Eis verlangte, glaubte sie, sie sei in den Wechseljahren. Der Frauenarzt aber beglückwünschte sie. „Madame Severin, Sie sind nicht in der Menopause, Sie erwarten ein Baby." Ihre Mutter war aus allen Wolken gefallen und versuchte, den unwillkommenen Gast in ihrem Bauch loszuwerden. Wenn sie alleine war, stellte sie sich auf den Küchentisch und sprang auf den harten Fußboden hinunter. Das wiederholte sie mehrmals am Tag – ohne Erfolg. Als nächstes probierte sie einen Aufguss aus Poleiminze und Frauenwurzel. Das Kind schien zu merken, was sie vorhatte, krallte sich fest und blieb. Auch sehr heiße Bäder konnten ihm nichts anhaben. Die Kleine kam zu früh und musste in den Brutkasten. Als die Mutter das verschrumpelte Häufchen Elend sah, floh sie in eine Depression. Der Vater kam, so oft er konnte, aber zu jener Zeit wusste man nicht, dass auch Brutkastenkinder berührt und angestrahlt werden wollten. Gisèle trotzte ihrem Schicksal und wurde ein fröhliches Kind. Auf alten Fotos lachte sie, egal ob jemand sie auf den Arm nahm oder auf einen Schrank setzte.

Das änderte sich, als sie in den Kindergarten sollte. Drei Tage lang brüllte sie wie am Spieß und ließ sich durch nichts davon abbringen. Sie heulte, wenn ihre Mutter sie auf dem Fahrrad zum Hort brachte und schrie immer noch, wenn sie wieder abgeholt wurde. So ein Kind konnten die Kindergärtnerinnen in ihrer überfüllten Gruppe nicht gebrauchen. Fortan musste Gisèle sich stundenlang selbst beschäftigen; ihre Mutter hatte weder Zeit noch Lust, sich um das ewig fragende und wissbegierige Gör zu kümmern. Gisèle holte sich die alte Katze, zog ihr Puppenkleider an und versuchte, sie in ihren rosaroten

Puppenwagen zu legen. Die Katze sprang aus dem engen Wagen und rannte davon. Meistens tunkte sie Gisèle eine, aber der machten ein paar Kratzer nichts aus.

Andere Kinder zum Spielen gab es in ihrer unmittelbaren Gegend nicht. „Halte dich von denen auf der anderen Straßenseite fern. Das ist kein Umgang für dich", hatte ihre Mutter gesagt. Dabei schaute sie Gisèle so strafend an, dass diese gar nicht erst versuchte, die Mädchen von drüben anzusprechen. Also kletterte sie auf Bäume, zerriss ihre Kleider und ruinierte ihre Schuhe, wenn sie auf nassen Wiesen durch das hohe Gras kroch.

Die ersten Schuljahre waren für Gisèle eine Katastrophe. Jeden Morgen wurde ihr vor Angst schlecht und oft musste sie sich übergeben. Im Schulbus blieb sie gleich vorne neben dem Fahrer sitzen, traute sich nicht, durch den ganzen Bus zu gehen. Sie scheute sich davor, von den anderen angestarrt zu werden, und genau das passierte. In der Klasse saß sie neben einem dünnen Mädchen mit Brille, das kein Interesse an ihr zeigte. In der Pause stand Gisèle allein in einer Ecke des Schulhofes. Sie kompensierte ihre Einsamkeit, in dem sie wie wild lernte. Stundenlang saß sie am Küchentisch, pinselte ihre Hausaufgaben, fraß Geschichten, zeichnete Gesichter in ein altes Schulheft und erfand Geschichten dazu. „Dies hier ist Jaqueline", sagte sie, wenn jemand fragte, wer das sei. „Die wohnt in Les Mesnil und besucht mich jeden Nachmittag", verkündete sie trotzig.

Auf dem College in Rennes lernte sie endlich eine Gleichgesinnte kennen. Catherine Rozier teilte ihre Interessen für Fantasieromane, für wilde Tiere. Sie näherten sich vorsichtig an. Catherine hatte zu Hause eine Elster aufgezogen, die aus dem Nest gefallen war. Die Elster hörte auf den schönen Namen Ildegard und saß brav auf Catherine's Schulter, wenn sie sich ein Buch auf der Hollywood-Schaukel anschaute.

154

„Warum heißt dieser Vogel Ildegard?", hatte Gisèle gefragt. „Es gibt eine deutsche Sängerin, die mir sehr gut gefällt. Ildegard Knef, schon mal etwas von ihr gehört?" Catherine hatte sie ermutigt, sich für das Lycée zu bewerben, um dort das Baccalauréat général anzustreben. Gisèles Mutter war damit überhaupt nicht einverstanden gewesen, aber Gisèles Vater setzte sich durch und sicherte ihr seine finanzielle Unterstützung zu. Sie war zusammen mit Catherine nach Rennes auf das Lycée Chateaubriand gegangen. Während Catherine bereits nach einem Semester erkannte, dass sie lieber in den Polizeidienst eintreten wollte, hatte Gisèle Gefallen an der Psychologie gefunden. Catherine bekam eine Chance, in Villedieu-les-Poêlles, als Polizeimeisteranwärterin den mittleren Dienst anzutreten. An den Wochenenden kam Gisèle zu Besuch, sie kochten gemeinsam, unternahmen Ausflüge nach Granville oder Honfleur und oft verbrachten sie auch die Nächte zusammen in einem Bett.

Donnerstag

„Du hast mir sehr geholfen gestern Abend", flüsterte
Joseph ins Ohr seiner schlafenden Gattin und küsste sie
sanft auf ihre frei liegende Schulter. Der Morgen war noch
jung, als er in die Küche kam, um sich dort einen Espresso
zu kochen. Der kräftige Duft der gemahlenen Bohnen
weckte seine Lebensgeister. Minouche begrüßte ihn mit einem fordernden Miau, rieb sich ein paar Mal an seinen
Beinen und sprang demonstrativ aufs Fensterbrett, wo ihr
Napf stand. „Guten Morgen Majestät! Was darf Ihr un-
tertänigster Diener servieren?" Joseph füllte frisches Futter
in das weiße Porzellanschüsselchen und zerquetsche es zu
mundgerechten Häppchen. Minouche schnupperte an der
ihr dargebotenen Speise und drehte sich angewidert um.
Danach betrachtete sie ausgiebig die Blütenpollen, die der
scharfe Mistral auf der Terrasse durch die Luft wirbelte. Ein
paar Minuten später sprang sie geräuschvoll hinunter und
trollte sich durch die Katzenklappe davon. Das Futter
stand unangetastet auf der Fensterbank. Joseph ignorierte
Minouches divenhaftes Verhalten, duschte heiß und ausgiebig, kleidete sich an und machte sich auf den Weg zu
seiner Dienststelle. ‚Heute steht mir der Sinn nach etwas
Besonderem‘, dachte er und machte einen kleinen Schlen-
ker auf die Avenue de Montpellier. Er hielt vor der Cote de
Patisserie. „Bonjour, Mademoiselle", begrüßte er fröhlich
die Verkäuferin. Er schielte auf ihr Namensschildchen, damit er sie beim nächsten Einkauf persönlicher ansprechen
konnte. „Madame ou Mademoiselle Réjanne?" „Madame
Réjanne!", lächelte die schwarzhäutige junge Frau.
„D'accor. Ich werde es mir merken", gab Leroux zurück
und kaufte ein noch warmes Sacristain. Bevor er weiter-

fuhr, gelüstete es ihn, einen Happen davon zu kosten. „Göttlich", murmelte er und startete seinen Peugeot.

Mèze hatte sich in den letzten Jahren vorteilhaft verändert. Am Hafen war ein riesiger Parkplatz entstanden, Palmen säumten das Ufer, viele Häuser hatten einen frischen Anstrich erhalten. Anders als in Pézenas wohnte ein großer Teil der Menschen tatsächlich in der Altstadt. Ein Drittel der Bewohner lebte von der Austernzucht im Bassin, ein weiteres Viertel direkt oder indirekt vom Tourismus und der Rest vom Weinbau oder auch von den damit verbundenen Dienstleistungen. Vor einiger Zeit hatte sich Hélène mit der Geschichte von Mèze beschäftigt und herausgefunden, dass der Ort ab dem achten Jahrhundert vor Christus von phönizischen Seefahrern angelegt worden war. Der Name stammte angeblich auch aus dem Phönizischen, hieß ursprünglich ‚Mansa' und sollte so in etwa ‚Hohe Stelle, von der Rauch aufsteigt' bedeuten, mit anderen Worten ein Lagerplatz. Rund um den Ort befanden sich Grabungsfelder für Dinosaurier, die vor ca. 65 Millionen Jahren die Gegend beherrscht hatten. Kein Wunder, dass sich in der Nähe von La Lumière ein Dinosaurierpark angesiedelt hatte, wohin sich am Sonntagnachmittag zeitweilig ganze Familien verirrten.

Catherine war bereits im Büro, als Leroux ankam. „Ich brauche ein paar Tage frei", sagte sie gleich. Sie war blass und zitterig, als sie ihm mitteilte, dass sie Ende der folgenden Woche für eine Beerdigung in die Normandie reisen müsse. „Eine Verwandte?", fragte Joseph mitfühlend. Catherine schüttelte den Kopf. „Gisèle", flüsterte sie. „Was ist passiert?" Joseph legte ihr vorsichtig eine Hand auf den Arm. „Ein Unfall." Mehr konnte Catherine nicht sagen, ohne sogleich loszuheulen. „Mein Beileid." Sie schwiegen eine Weile. „Du kannst dir den Rest des Tages frei nehmen", sagte Leroux. „Ich schaffe es." Dankbar nahm Catherine das Angebot an. Viel sagen konnte sie nicht. Vorsichtig nahm sie ihre Handtasche vom Schreibtisch, vergewisserte sich, dass sie ihr Handy eingesteckt hatte und ging.

Während Joseph wieder einmal Richtung Montmèze fuhr, dachte er an seine Kollegin. Die Ärmste. Der Tod ihrer Freundin musste sie hart getroffen haben. Ob es mehr als nur eine Freundin gewesen war? Joseph Leroux ahnte etwas. Catherines Zurückhaltung gegenüber männlichen Zeitgenossen wäre eine Erklärung dafür. Was er nicht wissen konnte: für Catherine kam es viel schlimmer. Ihre ehemalige Lebensgefährtin hatte nach anfänglichem Spielerglück vollkommen die Kontrolle über ihr Leben verloren. Sie hatte nicht nur alle möglichen alten Freunde angepumpt, denen sie das Geld nicht mehr zurückzahlen konnte; auch das hübsche Häuschen, das sie von ihren Eltern geerbt hatte, gehörte jetzt der Bank, bei der sie einen Kredit aufgenommen hatte.

Joseph Leroux erreichte La Lumière und stellte seinen Wagen ab. Mariella musste anderweitig Menschen gefunden haben, sie begrüßte ihn nicht. Joseph war ein bisschen enttäuscht. Als Beatrice Pelzer ihm entgegen kam, schnupperte er einen neuen Duft. „Das steht Ihnen gut", bemerkte er. Beatrice schaute ihn irritiert an. „Was meinen Sie?" „Dieses Parfüm! Ist es neu?" „Ach das, nein, ich habe es lange nicht mehr benutzt. Riecht es wirklich so gut an mir?" Beatrice war Komplimenten gegenüber nicht abgeneigt. „Darf ich fragen…?", begann Joseph Leroux. „Dürfen Sie! Larissa Ellé! Aber das schwarze! Von dem anderen bekomme ich Brechreiz." „Ach! Die sind so unterschiedlich? Das wusste ich gar nicht." „Na sicher! Erinnern Sie sich?… Nein, ich glaube, Sie sind zu jung dafür, obwohl… Eigentlich müssten Sie doch in meinem Alter sein." Beatrice lachte leise. „Was ich sagen wollte, als ich noch sehr jung war, kam ein Parfüm von Zoramax auf den Markt, das stank so ungeheuerlich, dass manche davon in Ohnmacht fielen. – Aber Sie sind nicht hier, um sich einen Vortrag über Parfüms anzuhören. Ich habe die Schlüters überzeugen können, um Punkt halb zehn hier in der Rezeption zu erscheinen." „Wunderbar! Bekomme ich vorher noch einen Cappuccino aus Ihrer Zaubermaschine?" „Gerne", flötete Beatrice Pelzer und beeilte sich, dem Capitaine diesen Herzenswunsch zu erfüllen.

Joseph Leroux hatte sich gerade den letzten Schluck Cappuccino einverleibt, als das Ehepaar Schlüter seinen Auftritt hatte. Beide kamen in die Rezeption, als wollten sie die Parade der königlichen Garde abnehmen. „Annegret Meyer-Chevallier war also Ihre beste Freundin, Madame Schlüter?" „Das sagte ich Ihnen bereits mehrfach", schnappte Brunhilde Schlüter. „Und es machte Ihnen nichts aus, dass Ihr Mann sie allein nach der Geburtstagsfeier nach Hause gefahren hat?" „Ach das!", Brunhilde machte eine wegwerfende Handbewegung. „Gerhard hat es mir am nächsten Morgen erzählt. Er hat sie nur bis zur Haustür gebracht. Ich war an dem Abend zeitig im Bett! Aber das habe ich Ihnen auch schon erzählt!" Böse funkelte sie Joseph Leroux an. „Fällt Ihnen nichts Besseres ein, um unsere Zeit zu stehlen?" „Ich glaube, Sie wissen nicht, dass Sie sich in Frankreich befinden. Hier hat man Respekt vor der Gendarmerie und benimmt sich dementsprechend, besonders, wenn es sich um einen Mordfall handelt." Sogar Joseph Leroux konnte betont amtlich werden. „Wollen Sie schon wieder andeuten, dass Sie uns verdächtigen?" „Zunächst haben wir noch einige Fragen zu klären. Dazu benötigen wir Ihre Angaben." Joseph Leroux kochte innerlich. "Gut, fragen Sie. Was möchten Sie von uns wissen?" Gerhard Schlüter lächelte hochmütig.

In diesem Augenblick gesellte sich Catherine zu ihnen. Die Kollegen von der Gendarmerie hatten ihr gesagt, wo sie Capitaine Leroux finden würde. Sie wollte ihn unbedingt bei dem Gespräch mit den Schlüters unterstützen. "Wo waren Sie, Monsieur Schlüter, an dem Sonntagabend zwischen sieben und zehn Uhr abends?" "Er war mit mir in der Oper", sagte Madame Schlüter wie aus der Pistole geschossen. "Nein warten Sie, es gab keine Oper. Da spielte das L'Opéra Orchestre eine Symphonie von Beethoven. Ausgezeichnet, ganz ausgezeichnet." Sie hatte die Augen weit aufgerissen und strahlte den Capitaine hypnotisierend an. Joseph Leroux ließ sich mit seiner Antwort Zeit, schaute abwechselnd Brunhilde, danach Gerhard Schlüter an. Ihm fiel die ausgiebige Diskussion ein, die er mit Hélène geführt hatte. Sie hatte darauf bestanden, endlich wieder etwas gemeinsam mit ihm zu unternehmen. "Lieber Beethoven am Freitag oder Mozart am Sonntag?" "Lass uns am Sonntag Mozart und Mendelsohn anhören. Da ist die Gefahr, wegen einer dienstlichen Angelegenheit mitten aus dem Konzert gerissen zu werden, deutlich kleiner." Genüsslich klärte er jetzt seine Gegenüber auf. "Ja! Meine Frau und ich fanden, dass Mozart und Mendelssohn vom Opernorchester ausreichend gewürdigt worden sind." Er kostete seinen Wissensvorsprung aus. "Beethoven wurde am Freitag und am Samstag gespielt. Und noch etwas: der Mozart wurde um sechzehn Uhr gespielt, der Mendelssohn stand um siebzehn Uhr auf dem Spielplan." In das betretene Schweigen hinein warf Leroux ein weiteres Argument. "Um vierzehn Uhr dreißig gab es ein Potpourri mit

Stücken beider Komponisten. In welcher der Vorstellungen waren Sie denn nun?" Einige Minuten blieb es totenstill, dann plapperte Brunhilde drauflos. „Ach, das habe ich irgendwie durcheinander geworfen. Wir haben den Geburtstag meines Mannes ein wenig nachgefeiert. Wir waren essen. Ja, wir haben ein kleines Restaurant gesucht, das uns Madame Pelzer empfohlen hatte. Wie hieß es gleich?" Sie blickte ihren Mann hilfesuchend an. Der zuckte mit den Achseln. „Keine Ahnung, meine Liebe." Joseph Leroux unterdrückte seinen Unmut. „Sie haben mir meine Frage nicht beantwortet. In welcher Vorstellung waren Sie? Und der Name des Restaurants fällt Ihnen sicher gleich ein." „Jetzt habe ich es. Es hieß L'idée Saveurs in der rue Four des Flammes. Der Nachtisch hat vorzüglich gemundet. Ja, und wir waren in der Vorstellung um 16.00 Uhr." „Und Sie erinnern sich bestimmt auch, wann Sie das Restaurant verlassen haben?" „Nun, das müsste schätzungsweise gegen sieben Uhr abends gewesen sein." „Sind Sie eigentlich mit Ihrem eigenen Fahrzeug unterwegs?", fragte Capitaine Leroux unvermittelt. Gerhard Schlüter lächelte affektiert. „Wir erkunden die Gegend mit einem Renault, Grand Scenic, Viertürer, recht bequem. Den haben wir von der Firma Kemper am Flughafen in Montpellier gemietet. Sie können dort gerne nachfragen." „Sie können jetzt gehen. Aber reisen Sie auf keinen Fall ab, ohne uns vorher zu informieren." „Drohen Sie uns etwa?" Gerhard Schlüter hatte die Stimme angehoben, aber er wirkte längst nicht so überlegen wie sonst.

Kaum hatten sie das kleine Büro hinter der Rezeption verlassen, zupfte Catherine ihren Chef am Ärmel. „Hast du es gesehen?", wisperte sie leise. „Was?" „Sein Taschentuch!" „???" „Er hat sich, als du seine Frau in die Mangel genommen hast, wieder den Schweiß von der Stirn gewischt." „Ja, und?" „Es war dasselbe wie beim letzten Mal. Wieder ein helles Leinentaschentuch! So eines, wie wir auch in dem Haus in Marseillan gefunden haben." „Du meinst, das eine mit dem Monogramm?" „Ich bin mir zu hundert Prozent sicher, dass es so eines war." „Dann haben wir nicht mehr viel Zeit. Ob sie schon unterwegs sind?" Sie eilten zum Parkplatz und sahen nur noch die Rücklichter des weißen Renault Grand Scenic. „Vielleicht bekommen wir heute das Protokoll der Vernehmungen ihrer Arbeitskollegen und finden darin neue Erkenntnisse. Das Verheerendste wäre, wenn Schlüter der Mörder sein sollte, hätte er jetzt alle Zeit der Welt, um die Tatwaffe zu entsorgen." „Aber an den beiden Taschentüchern müssen sich DNA-Spuren finden lassen. Wenn die übereinstimmen… haben wir ihn immer noch nicht." „Merde. Kann ich nicht zur Abwechslung einmal einen normalen Mord bekommen?", fluchte Joseph Leroux.

Auf der Dienststelle suchten sie vergeblich das Vernehmungsprotokoll aus Deutschland. Keiner wollte es gesehen haben. „Schau doch einmal im Computer nach. Vielleicht haben sie es uns per Mail geschickt." Catherine wartete nicht, bis Joseph Leroux umständlich das Menü aufrief. Sie setzte sich selbst an ihren Apparat und ließ sich die Eingangsmails anzeigen. Auf den ersten Blick fand sie nichts. Sie überlegte, dann hatte sie eine Idee und schaute im Spam-Ordner nach. „Da ist es.", sagte Catherine schlicht. „Einen Augenblick, warte. Wir sollten uns das Protokoll gemeinsam anschauen."
Kriminalhauptkommissar Yasha Özcan vom Polizeipräsidium Düsseldorf hatte das Schriftstück unterzeichnet. Am Dienstag! „Hätten wir das vorhin schon gewusst", stöhnten beide. „Ja! Hätte ich, hätten wir… haben wir aber nicht.

Nun lass uns anfangen." Kriminalhauptkommissar Özcan hatte das Büro der Staatssekretärin Meyer-Chevallier persönlich aufgesucht. Er war auf einen Büroleiter getroffen, der gerade seinen Arbeitsplatz räumte. Daniel Emmerich war nicht gut auf Annegret Meyer-Chevallier zu sprechen gewesen. Bei der Unterredung mit dem Kommissar konnte er seinem Frust freien Lauf lassen. „Sie wollte glänzen, vor allem in der Öffentlichkeit. Und sie machte jeden fertig, der nicht nach ihrer Pfeife tanzte. Solange ich alles brav erledigt habe, wie sie es wollte, war die Welt in Ordnung. Irgendwann habe ich angefangen, ihre Anweisungen kritisch zu hinterfragen, von da an ging's bergab." „Aber sie war eine Vorreiterin für erneuerbare Energien. Ich habe irgendwo gelesen, dass sie wie eine Löwin für eine bestimmte Form von Windenergie kämpfte, die auch den Schutz von Vögeln und Fledermäusen berücksichtigte. Musste sie sich vielleicht übermäßig gegenüber Konkurrenten behaupten und ihre Ellbogen einsetzen?" „Ach das. Ja, für diese Sache hat sie sich wirklich mächtig ins Zeug gelegt. Aber deswegen müsste sie noch lange nicht ihre Mitarbeiter behandeln als wären sie persönliches Eigentum. Ich bin der Meinung, dass man eher etwas erreicht, wenn man im Team denkt und arbeitet, aber dazu war Frau Meyer nicht fähig." „Hat sie Ihnen gekündigt?", hatte Özcan gefragt. „Das brauchte sie nicht. Sie hat nicht mit mir gesprochen, mich tagelang ohne Aufgaben hier herumsitzen lassen und mich behandelt als sei ich Luft. Als ich feststellen musste, dass irgendjemand meinen Outlook-Kalender frisiert hatte, merkte ich, dass sie mich loswerden wollte und einen Grund dafür suchte. Ich wollte nicht wie meine Kollegin enden, darum habe ich von mir aus um Versetzung gebeten." „Was war mit der Kollegin?" „Ach, die arme Miriam König." Emmerich machte eine Pause und dachte an die zu einem Gerippe abgemagerte Kollegin. „Die hat Miss Meyer total auflaufen lassen. Sie hat Frau König Aufträge gegeben, ohne ihr die Vorgeschichte zu berichten, also das, was vorher gelaufen war. Da sind Patzer vorprogrammiert. Als sie dann erwartungsgemäß Fehler machte, hat die Meyer Frau König vor aller Augen zur Schnecke gemacht. Ich bin heilfroh, dass ich mich demnächst in die Materie der Wirtschaftsabteilung einarbeiten kann." „Wenn Frau Meyer-Chevallier solche Führungsschwächen hatte, wie konnte sie dann Staatssekretärin werden?" „Tja, es gibt auf der Führungsebene einige, bei denen man sich fragt, wie sie dorthin geraten sind. Man munkelt, dass Frau Meyer-Chevallier einen Freund an höherer Stelle hatte, der sie von Treppchen zu Treppchen nach oben geschubst hat." „Aha! Dürfen Sie mir den Namen dieses angeblichen Förderers nennen?" „Darf ich nicht. Ich mache es trotzdem. Wenn es herauskommt, schicken sie mich vermutlich nach Ostwestfalen oder in Rente, keine Ahnung". „So schlimm, Herr Emmerich?" Daniel Emmerich hatte heftig genickt. „Da versteht unsere Landesregierung leider keinen Spaß. Ganz besonders nicht der stellvertretende Vorsitzende der Partei, die zurzeit die Mehrheit im Landtag besitzt. Da Gerhard Schlüter gerne der nächste Finanzminister werden möchte, wird er nicht erfreut sein, wenn ich ihn erwähne. Aber der stolpert sowieso früher oder später über seine eigenen Affären." „Wie darf ich das deuten?", hatte Kommissar Özcan gefragt. Emmerich hatte gezögert. „In der Vergangenheit gab es gegen ihn bereits ein Strafverfahren wegen sexueller Nötigung. Nachdem die Hauptbelastungszeugin ihre Anzeige zurückgezogen hat, konnte man dem Schlüter nichts anhängen. Es kursierte das Gerücht, dass er der jungen Dame ein passables Schweigegeld gezahlt hat."

Joseph Leroux begannen die Augen zu tränen, nachdem er sich eine halbe Stunde auf den Bildschirm konzentriert hatte. „Können wir das Protokoll vielleicht ausdrucken? Für die Akten ist es sowieso notwendig." „Ja, sicher. Aber ich lese noch den Rest." „Mir fällt gerade noch etwas ein", sagte Joseph. „Ja?" „Wir sollten den Mietwagen von Schlüter prophylaktisch auf DNA-Spuren von Meyer-Chevallier untersuchen. Unsere Forensik hat die DNA-Spuren von der Toten vorläufig auf Eis gelegt." „Na, der wird ja toben", grinste Catherine schadenfroh. Sie las eine Weile, dann sagte sie laut: „Das ist es doch!" „Was?" „Wenn gegen Schlüter in Deutschland ein Strafverfahren angestrengt wurde, dann müssen sie seine DNA dort in der Datenbank haben!" „Sicher! Ich verstehe! Mit Hilfe der deutschen DAD[30] können wir prüfen lassen, ob die DNA auf dem Taschentuch aus der Wohnung der Toten mit seiner DNA übereinstimmt." „Wenn es mehr nicht ist..." „Meinst du, wir erreichen noch jemanden in Montpellier?" „Wieso jetzt Montpellier?", Leroux war ganz durcheinander. „Wegen unserer Spuren." „Aber...", Catherine schaute auf ihre schlichte Herrenarmbanduhr und schüttelte den Kopf. „Das kannst du vergessen! Die lassen pünktlich um fünf den Griffel fallen. Ich mache mir einen Riesenzettel und rufe gleich morgen um Punkt acht Uhr dort an."

---

[30] DNA-Analyse-Datei.

Freitag

1

Punkt sieben Uhr morgens erschien Catherine im Büro. Als Erstes forschte sie im Internet nach den Kontaktdaten zum Bundeskriminalamt. „Merde! Das ist ja total unübersichtlich. Wo finde ich bloß die deutsche DNA-Analysedatei?" Sie gab den Suchbegriff im Computer ein und landete schließlich beim BKA Wiesbaden. Bis sie dort die zuständige Sachbearbeiterin am Apparat hatte, dauerte es eine weitere viertel Stunde. „Könnten Sie bitte der Forensik in Montpellier per Mail ein Antragsformular zum Abgleich der DNA schicken?" „Das erledigte ich sofort", versprach die freundliche Frau, deren Namen sie nicht so schnell verstanden hatte. „Ich habe noch eine andere Frage. Bei welcher Dienststelle kann ich mich erkundigen, ob eine Waffe auf jemanden registriert ist?" „Es gibt das Nationale Waffen-Register, das ist auch in unserem Haus angesiedelt. Ich kann Sie gerne weiter verbinden." „Oh, das wäre wirklich sehr nett." Catherine landete erneut in einer Warteschleife. Von Zeit zu Zeit war ein gelangweiltes „Bitte haben Sie noch etwas Geduld – Please hold the line – S'il vous plaît être patient" zu hören; dazwischen quetschte sich ein nervtötendes Gedudel mit undefinierbarer Tonfolge.

Auf Gerhard Schlüter war keine Waffe registriert. Während Catherine telefonisch in Deutschland ermittelte, informierte Joseph Leroux zeitgleich Eugen Founier über ihr Vorhaben. Nun mussten sie sich gedulden und hoffen, dass die Beamten sich beeilen würden. Die DNA sollte durch das entsprechende Computerprogramm geprüft werden. Die Frage, ob sich die in Wiesbaden gespeicherten Daten mit denen aus Montpellier decken würden, war für Joseph und Catherine spannender als jedes Wettspiel. „Was haben wir eigentlich früher gemacht, als es noch keine Möglichkeit gab, die DNA zu vergleichen?", sinnierte Joseph Leroux. „Jede Menge Täter laufen lassen", antwortete Catherine ohne zu zögern. „Ich finde, wir sollten die Zeit des Wartens mit Denken und Überlegen füllen, und zwar außerhalb dieser tristen Wände", schlug Joseph Leroux vor. „Beim Spazierengehen am Wasser fallen uns bestimmt Zusammenhänge auf, die wir in diesen Räumen nie sehen würden", ergänzte Joseph. „Dazu hätte ich jetzt keine Geduld", widersprach Catherine. „Stell dir vor, die rufen an, während wir gerade an der Corniche herumlaufen oder gemütlich bei einem Café am Hafen hocken. Nein, ich sitze lieber hier im Mief und übe mich in Geduld. Im Übrigen, ich versuche mein Glück bei der Autovermietung Kemper. Wer weiß, vielleicht hat Schlüter in der Zwischenzeit das Auto getauscht." „Eine sehr interessante Idee", äußerte Joseph Leroux.

Catherine musste sehr viel Charme aufbringen und sämtliche Überredungskünste anwenden, bevor sie den Damen bei der Autovermietung eine Information entlocken konnte. „Bitte! Verstehen Sie uns doch! Wir fragen nicht, weil uns die Sudokus ausgegangen sind und wir Däumchen drehen. Der Mann fliegt bald nach Hause, und dann würde es unseren Staat wesentlich mehr Geld kosten, ihn zu überführen." Schließlich rückten sie mit der Sprache heraus: „Monsieur Schlüter hat am Montag, den 11. April morgens um neun Uhr den Peugeot 208 zurückgegeben. Angeblich stimme etwas mit den Motorgeräuschen nicht. Wir haben ihn gleich in der Werkstatt untersuchen lassen, konnten aber nichts feststellen. Er hat sich stattdessen einen Renault, Grand Scenic ausgesucht." „Ist der Peugeot in der Zwischenzeit neu vermietet worden?", wollte Catherine wissen. „Selbstverständlich! Es war ja nichts dran."

„Sie müssen den Wagen sofort zurückrufen." Catherine verschluckte sich fast vor Aufregung. „Warum sollte ich das tun?", fragte die Dame abweisend. „Weil wir das Fahrzeug umgehend auf DNA-Spuren prüfen müssen. Es ist wirklich absolut zwingend. Leiten Sie diese Maßnahme bitte sofort ein. Falls Sie noch eine Rückversicherung des Staatsanwaltes benötigen, wir erledigen das." „Nein, nein. Das geht schon. Ich informiere Sie sofort, wenn ich den Fahrer erreicht habe. Über das GPS ist das möglich." Catherine ließ sich in ihren Bürostuhl zurückfallen und strich sich mit beiden Händen die Haare aus dem Gesicht. Dann verschränkte sie die Arme hinter dem Kopf und streckte sich. „Du hast eine erstaunlich gute Intuition, Catherine", stellte Joseph fest. „Mich würde interessieren, falls Schlüter unser Täter ist, welche Beweggründe er hatte, um die beste Freundin seiner Frau zu erschießen. Und er hat ja zugegeben, dass er sie schon lange kenne. Da ist doch etwas faul im Staate Dänemark." „Es könnte doch sein, dass er einer der Männer ist, die den Hals nicht vollkriegen? Vielleicht hat er ihr heimlich nachgestellt und sie bedrängt", mutmaßte Catherine. „Oder sie wusste etwas, hat ihn bedroht und er sah seine Karriere gefährdet? Was könnte es sonst sein? Konkurrenz! Angeblich wollte sie Ministerin werden, er wollte auch Minister werden." „Ja, aber sie wollte Ministerin im Umweltamt werden, er – glaube ich – Wirtschaftsminister." „Dann können wir den Konkurrenzgedanken fallen lassen." „Obwohl ich von einer deutschen Freundin weiß, dass in ihrem Bundesland Frauen bei gleicher Qualifikation in öffentlichen Ämtern bevorzugt eingestellt werden müssen. Das sehen die meisten Männer gar nicht gerne." „Das kann ich nachvollziehen", sagte Joseph Leroux, „aber dieses Wissen hilft uns im Augenblick nicht weiter." Ihre Überlegungen wurden durch ‚Smoke on the

Water' unterbrochen. „Ich dachte, du wolltest dir endlich etwas Neues aufspielen lassen", flüsterte Catherine halblaut. „Harr-harr", Josephs Zeigefinger und Daumen machten sich selbstständig und formten eine übertriebene Beleidigung. Er bereute es sofort, als er Catherines traurigen Blick bemerkte. „War nicht so gemeint", entschuldigte er sich sofort, bevor er das Gespräch annahm. „Ah! Hélène, was gibt's? Ich dachte schon, es wäre die Forensik mit der Botschaft, dass sie einen übereinstimmenden DNA-Code gefunden hätten." „Wo warst du? Ach so, bei der Frauenärztin. Alles in Ordnung?" „Du hast was?", Joseph Leroux drohte, der Telefonhörer aus der Hand zu fallen. „Ist das wahr?", krächzte er heiser. „Und du machst keine Witze?"… „Ich fasse es nicht!" Joseph Leroux war blass geworden. „Natürlich freue ich mich, bist du verrückt geworden?"… „Nein, ich muss dieses Telefongespräch abwarten, dann komme ich sofort und wirbele dich im Kreis herum! Nein, mache ich natürlich nicht. Bis später."
Als er aufgelegt hatte, sprang er auf und drehte sich selbst einmal im Kreis. „Ich werde Papa!", jubelte er und kümmerte sich nicht um die Freudentränen, die ihm ungehindert übers Gesicht liefen. Catherine heulte mit. „Das ist ja wundervoll! Ich gratuliere! Wann ist es so weit? Das müssen wir feiern." Catherine war ebenfalls aufgesprungen und gab ihm einen Kuss auf die Wange. Mitten in ihrem Freudentaumel klingelte endlich das Diensttelefon. „Ich weiß nicht, was Sie erwartet haben", begann Eugen Fournier das Gespräch. Joseph Leroux ließ Schultern und Mundwinkel sinken. Catherine, die seine Mimik genau beobachtete, merkte sofort, was los war. „Aber", Eugen Fournier machte eine Kunstpause, „die DNA stimmen zu hundert Prozent überein. Sie können Ihren Täter überführen." „Bingo!", ju-

belte Joseph Leroux. „Haben Sie vielen Dank und viel Glück beim nächsten Boule-Spiel."

„Wir müssen die Schlüters so schnell wie möglich erwischen." Sie warfen ihre Dienstjacken über, verließen das Büro und setzten ihren Dienstwagen in Bewegung. Mit Blaulicht jagten sie über die Straße Richtung Montagnac, holperten über die Schlaglöcher des Feldweges und kamen atemlos auf La Lumière an.

2

Damit hatte er nicht gerechnet. Dass Annegret ihm den Urlaub so vermiest hatte, verzieh er ihr nicht. Diese ewige Fragerei, dieses Herumwühlen, wann er was gemacht hatte, ärgerlich. Am liebsten hätte er die Zelte abgebrochen. Nach Hause, dort weitermachen, wo er aufgehört hatte, Normalität, Vergessen. Aber er musste Haltung bewahren, bloß nicht das Gesicht verlieren. Gerade verteilte er großzügig Aftershave auf seiner braungebrannten Haut, als jemand klopfte. „Haben wir denn hier nie unsere Ruhe?", polterte er, riss die Tür auf und starrte Joseph Leroux zornig an. „Kommen Sie bitte mit", sagte dieser schlicht. Diesmal schwitzte Schlüter schon beim Betreten des Büros. Er zückte ein frisch gestärktes Leinentaschentuch und tupfte sich damit den Schweiß ab. „Kann ich bitte Ihr Taschentuch sehen?", bat Catherine höflich. „Kennen Sie kein Taschentuch?", blaffte Gerhard Schlüter sie an. „Oh doch, aber so ein altmodisches habe ich schon lange nicht mehr in der Hand gehabt", erwiderte sie trocken. Sie streckte fordernd ihre Hand aus und machte ihm unmissverständlich klar, dass sie nicht von ihrer Forderung abrücken würde. Widerwillig reichte er ihr das hellgraue Stofftuch. Catherine bereitete das Tuch seelenruhig auseinander, zeigte es

170

Joseph Leroux und sagte: „Habe ich mir gedacht." Sie wies
mit ihrem Zeigefinger auf die Initialen G.S. „Monsieur
Gerhard Schlüter! Wir verhaften Sie. Sie stehen in dem
dringenden Tatverdacht, Annegret Meyer-Chevallier ermordet zu haben. Kommen Sie bitte mit."

„Ja, sind Sie denn verrückt geworden? Sie können doch
nicht einfach meinen Mann verhaften!", kreischte Brunhilde Schlüter, die in diesem Augenblick das Büro betrat. Sie
hakte sich gebieterisch bei ihrem Mann unter. „Bitte unter-
lassen Sie das", sagte Joseph Leroux leise. „Sie möchten bestimmt nicht allzu großes Aufsehen erregen." „Lass sie",
sagte Gerhard mit leiser Stimme zu seiner Frau. „Aber das
ist doch… das glaube ich jetzt nicht… du?… Aber warum
denn?" Fassungslos sah Brunhilde ihren Mann an. Sie
schien einer Ohnmacht nahe. Alle Farbe war aus ihrem Gesicht gewichen. Catherine fing sie rechtzeitig auf und setzte
sie behutsam in einen der schwarzen Ledersessel. Sie rief
Beatrice herbei, die an der Rezeption saß und die Eingangsmails auf dem Computer checkte. „Bitte, wären Sie
so freundlich und schauen nach Madame Schlüter. Vielleicht haben Sie ein Glas Wasser für sie und ein Fläschchen
mit Riechsalz?" „Selbstverständlich, ich kümmere mich sofort um Frau Schlüter." Ihr fragender Blick wurde mit einem Kopfnicken beantwortet. Sie nahmen Gerhard Schlüter mit.
Während der kurzen Fahrt von La Lumière zur Gendarmerie saß Gerhard Schlüter stumm im hinteren Teil des
Wagens. Er schaute blicklos in die Ferne. Er wirkte wie ein
zu groß geratenes Häuflein Elend. „Bitte veranlassen Sie
die Durchsuchung der von den Schlüters angemieteten
Ferienwohnung und des Mietfahrzeuges. Irgendwo könnte

sich noch die Tatwaffe befinden." Leroux wies die Kollegen an, diese Aufgabe zu übernehmen.

„Geben Sie zu, Frau Meyer-Chevallier am Abend des zehnten April mit einem Revolver getötet zu haben?" Gerhard Schlüter nickte müde. „Auf Sie ist offiziell keine Waffe zugelassen. Wo haben Sie die Waffe her, mit der Sie Frau Meyer-Chevallier erschossen haben?" Der Festgenommene äußerte sich nicht und sah auf den Boden. „Kommen Sie schon. Spätestens, wenn wir den zweiten Mietwagen unter die Lupe nehmen, werden wir Spuren finden. Dann sind Sie dran." „Ich möchte auf der Stelle einen Anwalt", war das Einzige, was Gerhard Schlüter von sich gab. „Kein Problem, aber es wird einen Augenblick dauern. In Montpellier gibt es, soweit mir bekannt ist, zwei Anwälte, die deutsch sprechen, aber die treten beide höchst selten als Strafverteidiger auf. Es gibt in Marseille zwei Anwälte, die sich auf Strafrecht spezialisiert haben und deutsch sprechen. Von Marseille bis Mèze sind es rund zweihundert Kilometer, das heißt, Sie müssen mindestens zwei Stunden warten, bevor wir die Vernehmung fortsetzen können. Für Aix-en-Provence gilt Ähnliches. Die Distanz liegt bei ungefähr hundertachtzig Kilometern plus-minus fünf, bei der Fahrtdauer tut sich nichts. Sie haben in Frankreich das Recht, sich selbst zu verteidigen – falls Sie das möchten." Gerhard Schlüters Gesicht nahm einen verbitterten Ausdruck an. „Was haben Sie eigentlich gegen mich in der Hand, außer dem vermaledeiten Taschentuch? Überhaupt, was hat es mit dem Tuch auf sich?" „Wir haben dasselbe Taschentuch bei Madame Meyer-Chevallier in ihrer Ferienwohnung gefunden. Und wissen Sie, wo? Unter dem Bett! Sie haben uns weismachen wollen, Sie seien nicht in dem Haus in Marseillan gewesen!" „Woher soll ich wissen, wie Annegret an das Taschentuch gekommen ist. Vielleicht hat sie es mir entwendet oder meine Frau hat es bei ihr vergessen." Gerhard Schlüter dachte, damit habe er seinen Kopf bereits aus der Schlinge gezogen. Er richtete seinen Körper wieder etwas auf. „Selbst, wenn dem so sein sollte", setzte Capitaine Leroux an. „Wir haben auf den unbedeckten Körperteilen der Toten DNA-Spuren sichergestellt und das sind exakt die gleichen, die beim Bundeskriminalamt in Wiesbaden auf Ihren Namen gespeichert wurden." Gerhard Schlüter wurde blass. „Diese alte Kamelle." „So hieß die Frau, die Sie damals angezeigt hat?", fragte Leroux verwundert. „Nein, verdammt noch mal!" Gerhard Schlüter schüttelte die Faust unter dem Tisch. „Das war ein dämliches Flittchen. Sie hat mir schöne Augen gemacht, weil sie eine Stelle in der Vorstandsetage des Bergwerks haben wollte. Ich war damals dort Direktor. Als ich meine verdienten Lorbeeren kassieren wollte, hat sie plötzlich auf kleines Mädchen vom Lande gemacht und so getan, als wolle ich sie vergewaltigen." Schlüter atmete schwer. „So ein durchtriebenes Luder. Sie wusste genau, welcher Staub durch ihre Anschuldigung aufgewirbelt werden würde." „Aber sie hat ihre Anzeige doch zurückgezogen?" Wieder blieb Schlüter stumm wie ein Fisch. „Haben Sie mit ein bisschen Kleingeld nachgeholfen?" Keine Reaktion.

Catherine öffnete die Tür des Verhörraums und bat Joseph, herauszukommen. „Wir unterbrechen", diktierte Leroux in das Aufnahmegerät, das während der kompletten Vernehmung eingeschaltet gewesen war. Joseph Leroux ließ dem Verdächtigen ein Glas Wasser bringen. Dann fragte er Catherine, was los sei. „Die Autovermietung hat sich gemeldet. Zum Glück befand sich der neue Mieter des Peugeot nicht auf einer Rundreise in Spanien oder an der Côte d'Azur. Die Leute von der Firma Kemper haben das Fahr-

zeug schon bei unserer Forensischen Abteilung in Montpellier abgegeben. Ich habe noch einmal mit denen gesprochen und sie gebeten, sich wegen der prekären Lage sofort an die Untersuchung zu machen." „Du hast sie wahrscheinlich mit deiner liebreizenden Art um jeden deiner Finger gewickelt, nicht wahr?", schmunzelte Joseph väterlich. ‚Denke ich etwa schon väterlich?', stutzte Joseph. ‚Würde er sich demnächst bei den Menschen wiederfinden, die jeden Pieps ihres Babys per Smartphone in die Welt schicken und auf lauter Entzückensbekundungen warten würde?' Er riss sich zusammen und konzentrierte sich wieder auf den eigentlichen Grund der Unterbrechung. „Natürlich!", gab Catherine selbstbewusst zurück. „Wenn es der Wahrheitsfindung dient." „Nun mache es nicht so spannend. Für diese Information hast du mich nicht aus dem Verhör geholt." „Ach, wenn der selbstherrliche Schlüter ein bisschen schmort, wird er danach vielleicht umgänglicher", konterte Catherine. Aber dann fügte sie hinzu: „In der Tat! Die Forensiker haben sich wirklich selbst übertroffen. Es sei schwierig gewesen, da die winzigen Blutspuren im Kofferraum des Peugeot bereits mit anderem Schmutz vermischt waren, aber sie konnten trotzdem genügend Material sicherstellen. Und sie haben den genetischen Code durch den Computer laufen lassen. Die Blutspuren stammen tatsächlich von Annegret Meyer-Chevallier. Schlüter ist unser Mann." „Bravo! Das hast du echt gut hinbekommen!" Catherines Gesicht überzog sich angesichts des überschwänglichen Lobes mit einer zarten Röte.
„Gibt es auch Neuigkeiten bezüglich der Pistole?" „Der Schlüter muss sich total sicher gefühlt haben oder er ist unter all dem pompösen Gehabe doch von etwas schlichterer Natur. Normalerweise würde man die Waffe entsorgen. Aber er hatte sie tatsächlich in dem Mini-Safe der Ferien-

wohnung eingeschlossen, gereinigt, aber das nützt ihm auch nichts mehr." „Dann könnten wir ihn theoretisch gleich nach Marseille bringen. Montpellier ist in seinem Fall nicht das zuständige Gefängnis. Außerdem muss der Anwalt dann nicht so weit fahren", grinste Joseph und sie gaben sich die Fünf mit der rechten Hand. „Hoffentlich haben die Kollegen das nicht gesehen, sonst geht es hier gleich rund", flüsterte Catherine. „Haben sie aber", flaxte der Kollege Binoche, der just in diesem Augenblick vom Kaffeeautomaten zurückkam. „Habt ihr etwas zu feiern?" „Wir? Wir haben soeben den Mörder von Annegret Meyer-Chevallier dingfest gemacht. Damit sind wir vollauf zufrieden", stellte Capitaine Leroux klar. „Ach so", nuschelte Kollege Binoche. „Und wieso Marseille und nicht Montpellier?" „Ach! Nach Montpellier fährt man doch traditionell mit dem Trecker." Binoche und Catherine starrten Leroux verwirrt an. Als er in ihre ratlosen Gesichter blickte, bekam sein Blick etwas Lausbübisches. „Dafür seid ihr Küken noch zu jung! Im Juni 2002 musste ein Bauernrebell ins Gefängnis, weil er drei Jahre zuvor eine McDonald's-Filiale verwüstet hatte. Der Grund dafür war: die USA hatte französischen Roquefort-Käse mit Strafzöllen belegt. Aus Protest zerstörte er den Rohbau dieser Filiale in Millau. Der Bauer hat mehrfach Berufung gegen das Urteil eingelegt, bekam aber kein Recht. Die Behörden haben mit der Aufforderung zum Haftantritt gewartet, bis die Präsidenten- und Parlamentswahlen abgeschlossen waren. Als er dann die Haftstrafe in Montpellier antreten sollte, kam er mit dem Traktor, begleitet von einem ganzen Konvoi Gleichgesinnter. Und am Straßenrand standen Bürger mit Plakaten wie ‚Bové ins Gefängnis – und Chirac'?" „Na, vielleicht sollte unser ehemaliger Bergwerksdirektor in dem Fall auf einer Lore antraben?", lästerte Catherine. „Zurück zum Ernst. Scherzen können wir wieder, wenn wir mit dem Fall durch sind", mahnte Leroux an. Binoche verschwand augenblicklich in seinem Dienstzimmer. „So, Endspurt. Bin gespannt, ob uns Schlüter noch mehr verrät."

Catherine begleitete Joseph in den Verhörraum. Gerhard Schlüter wirkte plötzlich um Jahre gealtert. „Warum haben Sie Madame Meyer eigentlich zum Canal du Midi gebracht?" „Ich konnte sie doch nicht einfach so am Strand liegen lassen. Der Schuppen schien mir als letzte Ruhestätte für Annegret geeignet." Catherine fühlte sich peinlich berührt. „Gestatten Sie, das finde ich jetzt aber ziemlich makaber." Schlüter würdigte sie keines Blickes. „Warum? Warum musste Madame Meyer-Chevallier sterben?" „Sie hat gedroht, meiner Frau alles zu sagen. Dass ich schon seit langer Zeit hinter ihr her war. Dass ich versucht habe, sie auf dem Weg nach Marseillan herumzukriegen." Für einen Augenblick war er wieder der Herr Direktor. „Was glauben Sie denn, warum sie es so weit gebracht hat? Ohne mich säße sie immer noch in irgendeinem schäbigen kleinen Büro und würde Lohnlisten abtippen oder Telefongespräche entgegennehmen." „Das alte Lied", warf Catherine ein. Gerhard Schlüter sah sie hasserfüllt an. „Was wissen Sie denn schon vom Leben?", raunzte er sie an. „Jahrelang habe ich sie gefördert, mich für sie an höherer Stelle stark gemacht. Ich war mir nicht zu schade, sie überall anzupreisen wie saures Bier." „Das sagten Sie schon", entgegnete Catherine kühl. „Alle anderen haben sich in ihrem Bett breit gemacht, manchmal hat sie sich sogar einen Callboy bestellt, als ob ich das nicht gewusst hätte!" Auf seinem Gesicht spiegelte sich unverhüllte Wut. „Und mir hat sie das Blümchen ‚Rührmichnichtan' vorgespielt." „Aber Sie ha-

176

ben doch sicher auch anderweitig die Gelegenheit genutzt, um sich Abwechslung zu verschaffen", unterstellte Joseph Leroux dem Mann. Er schätzte, dass Schlüter sich gerne in den Augen einer ihn anhimmelnden Zwanzigjährigen sonnte. Er wäre bestimmt niemals auf die Idee gekommen, dass sie ihn vielleicht nur für ein riesengroßes, dickes Insekt halten würde, das es zu bestaunen galt und das über lohnenswerte Verbindungen verfügte. „Es stand mir zu!", sagte Schlüter laut und warf sich in die Brust. „Annegret hat mir gedroht. Sie wollte mein Begehren an die große Glocke hängen. Damit wäre ich politisch endgültig erledigt gewesen und sie ganz groß herausgekommen." „Die Waffe? Woher haben Sie die Waffe?" Fast beiläufig erwähnte Gerhard Schlüter, dass er sie auf der Durchreise im ehemaligen Jugoslawien gekauft habe. „An den Ort kann ich mich nicht mehr erinnern, Kragujevic oder so ähnlich." „Kragujevac liegt in Serbien und dort gibt es auch eine Waffenfabrik. Dann hatten Sie großes Glück", wandte Leroux ein. „In diesem Jahr wären Sie damit nicht über die Grenzen gekommen. Dank der vielen Flüchtlinge wird kontrolliert wie nie zuvor." Schlüter zuckte nicht einmal zusammen.
„Gibt es noch irgendetwas, das Sie uns sagen wollen?" Schlüter blieb stumm. „Danke für Ihre Auskunft. Wir lassen das Protokoll gleich ausdrucken. Wenn Sie es unterschrieben haben, überstellen wir Sie nach Marseille. Möchten Sie eine Frau als Anwältin oder ziehen Sie einen männlichen Verteidiger vor?" „Blöde Frage", zischte Schlüter. „Einen Mann natürlich!" „Okay, Catherine, würdest du das übernehmen und schon einmal das Anwaltsbüro Gérad und Philippe Baumgärtner in Marseille informieren?" „Aye-Aye Käpt'n", salutierte Catherine und grinste. „Du bist ganz schön frech", schalt Joseph Leroux seine Kollegin.

Er wirkte erleichtert, dass sie den Fall nun endlich gelöst hatten.

„Kann ich mich bitte von meiner Frau verabschieden?" fragte Schlüter. „Selbstverständlich. Wir sind keine Unmenschen", sagte Joseph Leroux. „Da habe ich auch schon anderes gelesen", giftete Schlüter. „Denken Sie an den Fall Clöver. Schöne Aussichten für mich", empörte sich Gerhard Schlüter. „Ich glaube, das hätten Sie sich überlegen sollen, bevor Sie Madame Meyer-Chevallier umgebracht haben." Joseph Leroux war bedient. Er eilte aus dem Vernehmungszimmer und ging in sein Büro, wo er die Tür hinter sich zuknallte. „Ist was, Chef?", fragte Catherine vorsichtig, nachdem sie geklopft und leise die Tür geöffnet hatte. Joseph Leroux saß nachdenklich an seinem Schreibtisch, das Kinn auf seine Hände gestützt. „Komm' schon ,rein", bedeutete er Catherine mit einer Handbewegung. „Was gibt es doch für widerwärtige Machos!", rief er aus. „Da gebe ich dir Recht, Chef. Komm, Joseph, Kopf hoch, du musst jetzt den Blick nach vorne richten. Bald habt ihr eine Tochter und dann musst du für sie da sein. Gib dir Mühe, dann muss sie sich später nicht ein Leben lang einen Ersatzpapi suchen." „Wird gemacht!", sagte Joseph. „Etwas ganz anderes möchte ich noch wissen. Was hat Schlüter damit gemeint, als er auf den Fall Clöver anspielte?" „Naja", begann Joseph. „Im Jahr 2010 wurde der Deutsche Rudolph Clöver auf dem Campingplatz von Séte verhaftet. Angeblich soll er seine beiden Kinder missbraucht haben. Möglicherweise war es aber auch nur der Racheakt einer Zeltnachbarin. Sie hatte Krach mit den Clövers, weil ihr unerzogener Hund an das Zelt der Clövers gepinkelt hatte. Das Ehepaar Clöver wurde im Gefängnis stundenlang mit nassen Badeklamotten angekettet.

Rudolph Clöver konnte sich nicht einmal verständigen. Erstens sprach er schlecht Französisch und zweitens rückten die Gefängniswärter sein beschlagnahmtes Hörgerät nicht heraus. Es gab aber noch mehr Ungereimtheiten. Laut Staatsanwaltschaft konnte sich der Sohn perfekt artikulieren, obwohl er in seiner Entwicklung zurückgeblieben war. Und die Tochter soll alle Anschuldigungen bestätigt haben, obwohl sie zu dem Zeitpunkt ebenfalls gar kein Französisch verstand. Richter und Geschworene haben später sämtliche Aussagen der deutschen Ärzte ignoriert. Die hatten nie Anzeichen eines Missbrauchs erkannt. Trotzdem hat das Berufungsgericht abgelehnt, den Fall neu zu untersuchen." „Ein Hoch auf die Unnachgiebigkeit", sagte Catherine mit einem Anflug von Sarkasmus. Joseph raffte sich noch einmal auf. „Ich informiere jetzt Frau Schlüter, dass sie demnächst ohne ihren Mann auskommen und alleine nach Hause fliegen muss." „Das wird bestimmt nicht lustig", bemerkte Catherine leise.

3

„Monsieur Pelzer, was macht das Bauvorhaben? Ach, die Grube ist schon ausgehoben? Tüchtig, tüchtig. Ist es möglich, dass Sie mich mit Madame Schlüter verbinden? Sie macht einen Ausflug? Haben Sie eine Ahnung, wann sie ungefähr wieder zurück sein könnte? Saintes-Marie-de-la-Mer! Bitte hinterlassen Sie ihr eine Notiz, dass sie mich umgehend anrufen soll, wenn sie wiederkommt. Das ist sehr gut. Auf Wiedersehen." Joseph Leroux war perplex. Der Gatte im Gefängnis, die Gattin en route, wer hätte das gedacht. Musste er eben warten, der Anruf.
Er schaltete den Computer ein, wählte das passende Programm für den Abschlussbericht und tippte mit zwei Fingern „Fall Annegret Meyer-Chevallier." Er schaute auf

die Tapete und begann mit dem Fund der Leiche, als sein Mobiltelefon eine Melodie spielte. ‚It ain't got no swing‘. „Wow! Sie haben endlich einen neuen Klingelton installiert“, beglückwünschte ihn Catherine. Es war Marc. „Ich habe gehört, ihr könnt den Fall abschließen?“ „So ist es“, antwortete Joseph entspannt. „Dann wird es höchste Zeit, dass wir uns in Montpellier zu einem kleinen Imbiss treffen.“ „Wieso? Bist du mit deinen Glückspielern ebenfalls am Ende?“, wollte Joseph wissen. „Natürlich. Du hast einen großen Anteil daran. Olivier Bouchon war der Kopf der ganzen Saubande. Dank dir sitzt er jetzt im schönen Limoges im Gefängnis und kann seinen Kollegen Skat, Belote oder Patience beibringen. Ich darf mich jetzt zum Glück wieder mit Straßenräubern, Nachbarschaftsstreitereien und häuslicher Gewalt beschäftigen.“ „Das nennst du Glück?“ „Na, *dieses* Glücksspiel kenne ich wenigstens. Ich bekomme jetzt noch Kopfschmerzen, wenn ich an all die Schlupflöcher der Zocker und Spielhallenbetreiber denke. Wohin sie ihre Firmensitze verlegen, um das europäische Recht auszuhebeln. Mit denen kannst du nicht reden, die lassen reden, ihre Anwälte nämlich. Also, wie sieht es aus am nächsten Samstag?“ „Du meinst morgen?“ „Morgen???“ „Willst Du es dir noch einmal überlegen?“ „Mögt ihr vietnamesisches Essen?“ „Vietnamesisch? Hunde und Katzen?“ „N e i n !!! Was redest du für einen Blech! Ich kenne einen Partyservice, der liefert köstliche in Salat gewickelte Frühlingsrollen, pikante Reisgerichte und eine Vielzahl von vegetarischen Spezialitäten.“ „Meinetwegen“, stimmte Joseph zu. „Könntest du vielleicht…?“ – „Catherine fragen, ob sie auch kommt?“, ergänzte Joseph Leroux die Frage seines Freundes. Und er gab auch sofort die Antwort: „Junge, ich tue mein Bestes. Momentan ist sie nicht ganz so gut drauf, weil ihre ehemalige Geliebte sich in der Normandie den

Abhang herunter gestürzt hat, aber ich denke, ein wenig Ablenkung könnte ihr nicht schaden." „Ach so ist das", sagte Marc leicht gedehnt. „Du hast Ambitionen, ich weiß. Könnte ja noch etwas werden, gib' die Hoffnung nicht so schnell auf." „Wieso? Glaubst du, die Vorliebe für das eigene Geschlecht ändert sich von heute auf morgen?" „Kann doch sein!", erwiderte Joseph im Brustton der Überzeugung. „Außerdem kannte ich einmal eine Frau, die war jahrelang mit ihrer Geliebten zusammen und dann – plötzlich! Jedenfalls verliebte sie sich eines Tages in einen Mann, zog mit ihm zusammen und heiratete ihn sogar." „Na gut, wenn das so ist", sinnierte Marc. „Ich habe aber noch eine Überraschung für dich!", trumpfte Joseph auf. „Ich höre." „Willst du Patenonkel werden?" „Du machst Witze!" „Mache ich nicht!" „Yeah! Yeah! Yeah!", brüllte Marc und kümmerte sich nicht um die weit aufgerissenen Augen von Jeanette Delorme, die ihre Hand vor den Mund hielt, um nichts zu sagen.

„Hauptsache, unsere Tochter hat keine Zahnlücke", sagte Joseph Leroux abends zu seiner Frau. „Wie kommst du denn jetzt auf so einen Quatsch?", fragte sie ihn stirnrunzelnd. „Na, wer gibt denn immer die Geschichte von Marie und ihrem Alphonse zum Besten?" „Ja, aber in unserem Bekanntenkreis gibt es doch gar keinen Mann, der eine Zahnlücke hat?", alberte Hélène und kniff ihren Joseph in den Taillenspeck. „Lass das", schrie er in gespieltem Ernst. „Mein Winterspeck hat sich gerade in Frühlingsrollen verwandelt und die wollen gepflegt werden. Apropos, Marc hat uns für morgen Abend zu einem vietnamesischen Imbiss eingeladen und er hat mir von in Salatblättern eingerollten Frühlingsrollen vorgeschwärmt." „Mit Hundefleisch?", kreischte Hélène. Sie kraulte Minouche, die friedlich neben ihr auf der Couch lag und behaglich vor sich hin schnurrte. „Nein! Du kannst sehr wohl Vegetarisches bekommen." Es war zu spät. Hélène sprang auf und rannte ins Bad. Nach einer Weile kam sie zurück, grün im Gesicht und etwas zitterig auf den Beinen. „Ich glaube, ich würde eine Pizza vorziehen", sagte sie. „Ich werde Marc eine Nachricht schicken", versprach Joseph.

Als sie am nächsten Abend um 19.30 Uhr gemeinsam mit Catherine Rozier in der Rue de la Fontaine im Stadtteil Juvignac bei Marc Majory aufkreuzten, er die Tür öffnete und Joseph und Hélène gleichzeitig in einen Lachkrampf verfielen, verstand Marc die Welt nicht mehr. „Was ist denn mit euch los?" fragte er konsterniert. Aber je öfter er nachfragte, umso mehr kicherten die beiden wie alberne Hühner. Erst, nachdem Joseph das zweite Glas Rotwein getrunken hatte, war das Ehepaar Leroux bereit, ihre anhaltende Heiterkeit zu erklären. „Wir kannten zwei Königskinder, die kamen zwar zueinander, aber die Wasser waren zu tief, um sich zu verstehen", begann Joseph. Marc und Catherine hoben gleichzeitig die Augenbrauen. „Sie bekamen ein Kind, aber als es geboren war, glaubte der Mann, dieses Kind sei nicht von ihm, denn es sehe ihm absolut nicht ähnlich." Joseph unterbrach, schlürfte noch ein wenig Wein, dann setzte er die Story fort. „Als der Prinz die ersten Zähne bekam, war dem Königsvater endgültig klar, dass das Kind von seinem Freund Henry sei. Es habe die gleiche Zahnlücke wie der.". Joseph starrte Marc intensiv an, aber der schien ein Brett vor dem Kopf zu haben. Was wollte Joseph ihm sagen??? „Marc! DU hast eine Zahnlücke!"

Danksagung

Danke sage ich in beliebiger Reihenfolge:

Meinem Beinahe-Schwager Dieter für die Idee, sich mit alternativen Windkraftanlagen zu beschäftigen;

Frau Elke Waldau-Terstegen von der Stadtbibliothek Gelsenkirchen-Buer, die mir bei der Suche nach sachkundlichen Informationen zur Windkraft behilflich war;

meiner langjährigen Freundin Jutta Wollschläger, die mir peinlichst genau jedes doppelte „hatte" und „hätte" und „haben" und „könnte", aber auch jedes fehlende „R" und „S" angestrichen hat;

Unserem gemeinsamen Freund U.D., der mein Werk auf kriminalistische Finessen durchleuchtet hat;

Marie Vollenberg für ihre jugendlichen Ratschläge

Tobias Dürr, Staatliche Vogelschutzwarte Brandenburg, für die Hinweise bezüglich der Statistiken, die das Vogelsterben durch Windkraftanlagen dokumentieren sowie über die Informationen bezüglich des Flugverhaltens von Rotmilanen und den Unterschied zu eigentlichen Weihenarten

und natürlich meinem lieben, geduldigen Ehegatten Jan, der mein Werk unermüdlich auf logische Zusammenhänge und noch einmal auf Rechtschreib- und Tippfehler geprüft hat.

Kobaltblauer Himmel, grüne Pinien, Myrte- und Feigenbäume, umsäumt von prachtvoll farbenden Oleanderbüschen – zwischen ausgedehnten Weinbergen und Olivenhainen erhebt sich wie eingegossen in die Landschaft die Domäne La Lumière. Jedes Jahr zieht das in geschmackvolle Gîte unterteilte Anwesen Golf- und Weinliebhaber, Ruhe- und Inspirationssuchende, wie die berühmte Sängerin Lisette Lalande und den gefeierten wie gefürchteten Modedesigner Jerome Magerbeck, in seinen Bann. Doch plötzlich fehlt ein Gast. Und nichts ist so wie es auf den ersten Blick scheint.

Lieuntnant Leroux steht vor einem Fall, der ihn von Liebesirrungen und -wirrungen in noch ungeahnte Gefilde krimineller Machenschaften und Warentermingeschäften führt.

177 Seiten, 978-3-939556-56-5, 12,90 Euro

www.oldib-verlag.de • info@oldib-verlag.de